JN099272

小学館文庫

勘定侍　柳生真剣勝負〈五〉

奔走

上田秀人

小学館

目次

主な登場人物

◆大坂商人

一夜《かずや》……淡海屋七右衛門《おうみやしちえもん》の孫。柳生家の大名取り立てにともない、召し出される。
七右衛門……大坂一といわれる唐物問屋淡海屋の旦那。
佐登《さと》……七右衛門の一人娘にして、一夜の母。一夜が三歳のときに他界。
喜兵衛《きへえ》……淡海屋の大番頭。
幸衛門《こうえもん》……京橋で味噌《みそ》と醤油《しょうゆ》を商う信濃屋《しなのや》の主人。三人小町と呼ばれる三姉妹の父。
永和《とわ》……信濃屋長女。妹に次女の須乃《すの》と、三女の衣津《いつ》がいる。

◆柳生家《やぎゅう》

但馬守宗矩《たじまのかみむねのり》……将軍家剣術指南役。初代惣目付《そうめつけ》としても、辣腕《らつわん》を揮《ふる》っていた。
十兵衛三厳《じゅうべえみつよし》……柳生家嫡男《ちゃくなん》。大和国《やまとのくに》柳生の庄に新陰流《しんかげりゅう》の道場を開く。
左門友矩《さもんとものり》……柳生家次男。刑部少輔《ぎょうぶしょうゆう》。小姓《こしょう》から徒頭《かちがしら》を経て二千石を賜る。
主膳宗冬《しゅぜんむねふゆ》……柳生家三男。十六歳で書院番士となった英才。

武藤大作《むとうだいさく》……宗矩の家来にして、一夜の付き人。
素我部一新《すがべいっしん》……門番にして、伊賀忍。
佐夜《さよ》……素我部一新の妹。一夜が女中として雇っていた。

◆幕閣
堀田加賀守正盛《ほったかがのかみまさもり》……老中。武州川越《ぶしゅうかわごえ》三万五千石。
松平伊豆守信綱《まつだいらいずのかみのぶつな》……老中。武州忍《おし》三万石。
阿部豊後守忠秋《あべぶんごのかみただあき》……老中。下野壬生《しもつけみぶ》二万五千石。松平伊豆守信綱の幼なじみ。
秋山修理亮正重《あきやましゅりのすけまさしげ》……惣目付。老中支配で大名・高家《こうけ》・朝廷を監察する。四千石。
望月土佐《もちづきとさ》……甲賀組与力組頭。甲賀百人衆をまとめる。

◆江戸商人
儀平《ぎへい》……柳生家上屋敷近くに建つ、荒物を商う金屋《かなや》の主人。
総衛門《そうえもん》……江戸城お出入り、御三家御用達《ごようたし》の駿河屋《するがや》主人。材木や炭、竹などを扱う。

勘定侍　柳生真剣勝負〈五〉　奔走

第一章　悪企み

一

「左門《さもん》はんを柳生《やぎゅう》の郷《さと》に縛り付けて、江戸へ来さんようにいたしますわ」

淡海一夜《おうみかずや》が告げた。

「…………」

聞いた老中首座堀田加賀守正盛《ほったかがのかみまさもり》が、目を細めた。

「結構、手間かかりますねんけどな。左門はんを江戸に帰さないだけなら、もっとええ手はおますし」

「……ほう。もっと簡単な手があると」

「おますわ。もっともこっちは加賀守さまのお力がないと無理ですけど」

「余の力……なにをする」

堀田加賀守が興味を示した。

「江戸から遠ざかるような役目を与えたらよろしいねん」

「遠国《おんごく》奉行か」

一夜の言葉に堀田加賀守が口にした。

遠国奉行とはその名前の通り、江戸から離れた町を支配するもので、長崎《ながさき》奉行、堺《さかい》奉行、佐渡《さど》奉行などがあった。

「長崎奉行はいかぬぞ。あれは一年交替で江戸へ戻る」

堀田加賀守が首を横へ振った。

遠国奉行の筆頭といわれる長崎奉行は、長崎の町を管轄するだけでなく、オランダ、明《みん》などとの外交窓口も担当する。まさに旗本の顕職であった。その代わり、現地での多忙さは筆舌に尽くしがたく、一人でこなすのは難しい。また、交易を一手に握ることから、汚職にも染まりやすい。これらの理由で長崎奉行は二人で、現地と江戸を交代した。

「ならば、いっそのこと安南巡見使《あんなんじゅんけんし》とかいう役目を作らはったらいかがで」

「安南巡見使だと……国の外へ出すと」

「そうそう帰って来られまへんやろ」

驚く堀田加賀守に一夜が平然と言った。

「じつの兄だというに、ずいぶんと冷たいの」

「兄と思うたことなんぞ、一度もおまへん。殺されかかりましたし」

一夜が冷たく告げた。

まだ柳生の郷にいたころ、一夜は一度柳生左門友矩《とものり》と剣術の稽古をしている。稽古は普通、相手に怪我《けが》をさせたり、死なせたりすることのないように気遣うものだが、それを左門友矩は遠慮なしに殺しに来た。

「柳生とはそこまで獣か」

「わたいを柳生に入れんとっておくれやす。わたいは淡海一夜という商人《あきんど》で」

嘆息した堀田加賀守に一夜が嫌そうな顔をした。

「ふむ、安南巡見使という手もあるか」

堀田加賀守が思案に入った。

「お考えのところすんまへんけど、じつは悪手でっせ」

「なぜだ。外へ出してしまえば、上様へ近づくことはできなくなろう」

首を横に振る一夜に堀田加賀守が首をかしげた。

「上様が黙ってお出しになるはずおまへんやろ」

「直接命じれば……」

「たしかに上様のお為《ため》となれば、左門はんは喜んで行きまっしゃろ。ですが、左門はんが安南へ旅立ったと長崎奉行はんあたりから、上様にご報告があったならばどないなります。誰が行かせたかという話になりまっせ」

「むっ」

海外の事情などまったく知られていない。いかに剣術の達人でも見も知らぬ国、言葉も水も食いものも習慣も違うところでやっていくのはかなり難しい。

「ならば柳生で片を付けよ」

「無茶言われても困りまっせ。あんな剣術の鬼、殺せますかいな」

一夜が冗談ではないと首をすくめた。

「兄がいただろう。あやつならば……」

「勝てまへん」

はっきりと一夜が否定した。

「わたいは商売人ですよって、剣術がどういうもんやというのはわかりまへん。けど、命を懸けての遣《や》り取《と》りならちっとはわかってるつもりです。試合なら十兵衛《じゅうべえ》はんが十の勝ち、殺し合いなら七分三分で左門はん」

「殺し合いならばか」

「左門はんは、己の命に価値を持ってまへん。あれは上様以外、有象無象としか考えてない。すべてが上様のため、上様のために死ねと言うたら、その場で腹切りますやろう。ですけど、それ以外やったら……もし十兵衛はんをけしかけたら、十兵衛はんを討った後、その足で江戸へ出てきて、加賀守さま、伊豆守《いずのかみ》さまを襲いまっせ」

「…………」

堀田加賀守が言葉を失った。

「ですから、左門はんは柳生の郷にくっておくべきですねん」

一夜が断言した。

「やりようはあるのだな」

「おます。ちょっと手間はかかりますけど」

念を押した堀田加賀守に、一夜が首を強く縦に振った。

「わかった。そなたに任せよう。ただし、しくじったときは……」

「しくじったときは、この首、胴についてまへんわ」

一夜が、脅すように言った堀田加賀守に首をさすりながら応じた。

柳生主膳宗冬《しゅぜんむねふゆ》は父柳生但馬守宗矩《たじまのかみむねのり》に言われたことをするため、日本橋《にほんばし》へ来ていた。

「柳生の郷のものを江戸へ売りこむか。このくらいあれでなくとも、誰にでもできるではないか」

一夜のことを嘲笑《あざわら》いながら、主膳宗冬が日本橋の大店《おおだな》へと足を踏み入れた。

主膳宗冬が暖簾《のれん》をかき分けたのは、日本橋で五間《けん》（約九メートル）間口を誇る大店で小間物、袋物を扱う老舗《しにせ》の黒住屋《くろずみや》庄《しょう》右衛門《えもん》であった。

「主《あるじ》はおるか」

入るなり主膳宗冬は大声を出した。

「お出《い》でなさいませ。どちらさまでございましょうか」

「書院番柳生主膳である」

堂々と主膳宗冬は胸を張った。

「柳生さま……」

応対に出てきた者が、ほんの少し思い出すような顔をした。

「畏《おそ》れながら、将軍家剣術お手直し役をお務めの柳生さまでございましょうか」

「いかにも」

応対の者の確認を主膳宗冬は認めた。

「それはそれは、ようこそお出でいただきましてありがとう存じまする」

応対の者が深々と腰を折った。

「うむ。主をこれへ」

「あいにく主は朝から他行いたしておりまして」

鷹揚《おうよう》に求めた主膳宗冬に、応対の者が申しわけなさそうに告げた。

「おらぬのか」

「はい。商いの都合で出ておりまする」

「呼び返して参れ」

主膳宗冬が無茶なことを口にした。

「上方《かみがた》のお客さまのもとへ出向いておりまして」

「むっ」

帰ってこられない遠隔地だと言われて、主膳宗冬が詰まった。

「よろしければ、わたくしがご用件を承りまするが」

「そなたはなんだ」

主膳宗冬が問うた。

「番頭の伊之介《いのすけ》と申しまする」

「……番頭とはなんだ」

「主の留守に店を預かる者とお考えいただければ」

伊之介と述べた番頭が答えた。

「主の代わりか。まあ、よかろう」

ちらと伊之介を見た主膳宗冬がうなずいた。

「柳生家への出入りを許す」

「お出入りをお許しいただけるのはかたじけのうございまするが、どのようなことをいたせばよろしゅうございましょう」

告げた主膳宗冬に番頭が尋ねた。

「殊勝な心がけである。当家の領国より出る品を任せるゆえ、買い取れ」

「御領内のお品を買えと。どのようなものでございましょう」

品物を知らずして買う商人はいない。

伊之介の疑問は当然のものであった。

「余は知らぬ」

「…………」

あっさりと首を横に振った主膳宗冬に、伊之介が唖然《あぜん》とした。

「わかったの」

「お話は承りましてございまする。後日、主が帰りましてから、あらためてご挨拶《あいさつ》に参りまする」

「待っておる」

頭を低くした伊之介に、主膳宗冬が満足そうにして帰っていった。

「……番頭さん」

主膳宗冬がいなくなるのを待っていたかのように、初老の旦那《だんな》が顔を出した。

主へ不意の面談を求める客はいつ来るかわからない。なかには主が出てきたのを機に無理難題を押しつけようとしたり、言質《げんち》を取ろうとしたり、酷《ひど》ければ危害を加えようとする者も出てくる。

それを防ぐためちょっとした店ならば、奥との境目の襖《ふすま》、暖簾の死角など気づかれることなく店の様子を窺《うかが》える場所が設けられていた。

「旦那さま」

伊之介がなんとも言えない顔をした。

「なんだいあれは」

黒住屋の主、庄右衛門があきれた。

「前もっての約束もなしに来て、わたしに会いたいというのがそもそもまちがいだというに」

日本橋の大店ともなれば、勘定奉行はもちろん、町奉行、老中にも顔が利《き》く。武士が上で商人が下というのは変わらないが、老中でも黒住屋庄右衛門との遣り取りはていねいになる。

「書院番とか言ってましたね」

「たしか、柳生さまの御三男さまがそのお役に就いていたかと」

伊之介が答えた。

数多くの大名家へ出入りしている黒住屋である。あらたにできた大名、あるいは潰《つぶ》れた大名には詳しい。

「跡取りではないんだね」

「はい。柳生但馬守さまには、御嫡男さまがおられたはず」

主の確認に伊之介が首を上下に振った。

「なるほど、分家か。なら気にしないでいいね」

「よろしいかと」

主膳宗冬の要請を無視すると告げた黒住屋庄右衛門に、番頭が同意した。

「ところで柳生に名産なんぞあったかい」

「聞いたこともございませぬ」

黒住屋庄右衛門の問いに、伊之介が首を横に振った。

「なにを売りつけるつもりだったのかねえ。それよりよほど金を貸してくれのほうが好感を持てたよ」

「近頃のお武家さまは、わかりませぬ」

伊之介もため息を吐《つ》いた。

「まあよい。どうせ二度とかかわることはないから。一応、店に嫌がらせをされないように、念には念を入れておきましょう」

黒住屋庄右衛門が切って捨てた。

二

堀田加賀守との密談を終えた一夜は、捕らえられた素我部《すがべ》一新《いっしん》が連れられてくるのを待っていた。

「のう、淡海」

「なんでおますやろう」

まだ同席していた堀田加賀守が、一夜に声をかけた。

「当家は、儂《わし》が死んだ後どうしたらよいと思う」

「…………」

堀田加賀守の質問に一夜が黙って見つめた。

「死なれる前からやっとかなあきまへんことなら」

「なるほど、死ぬ前からやっておかねばならぬか」

一夜の答えに堀田加賀守が嘆息した。

「なにをすればいい」

「影を薄うしはらんと、御子孫さまが手痛い目に遭《あ》いはります」

「避けられぬか」

「難しい、いや無理ですやろ」

一夜が手を振った。

「言いたいことを申しても」

「今まで好き放題にしてきたと思うが、まだこれ以上あると」

許しを求めた一夜に堀田加賀守が苦笑した。

「本気をお求めならば」

「よろしい。なにを申しても咎《とが》めぬ」

一夜の真剣な表情に堀田加賀守がうなずいた。

「では、遠慮のう。加賀守はんはご譜代やおまへん」

「譜代ぞ」

「幕府の仕切りのことではおまへん。徳川《とくがわ》さまの御家中《ごかちゅう》としてで」

驚いた堀田加賀守に一夜が述べた。

「……………」

言われた堀田加賀守が黙った。

譜代大名と外様《とざま》大名の区別は、関《せき》ヶ原《はら》の合戦までに徳川に臣従したか、していないかだとされている。関ヶ原の合戦どころか、加賀守正盛の出世まで堀田家は大名でなかった。よってこの区別はあてはまらなかった。

では、その出自はとなれば、堀田家は織田《おだ》家の家臣で、本能寺《ほんのうじ》の変の後浅野長政《あさのながまさ》、小早川隆景《こばやかわたかかげ》、小早川秀秋《ひであき》と仕官先を変えつつ関ヶ原の合戦を迎えた小身であった。

関ヶ原の合戦で返り忠をおこなったことで小早川秀秋は中国に大領を得るが、寝返りの精神的な負担からか二年後に急死、家は改易《かいえき》となった。

このことで牢人《ろうにん》となった堀田家は伝手《つて》を頼って徳川へ仕え、旗本となった。

当然、徳川家の旗本にも区分けはあった。

徳川がまだ松平《まつだいら》だったころから仕えている三河《みかわ》譜代、続いて遠江《とおとうみ》、駿河《するが》譜代、甲《こう》州《しゅう》譜代、そして徳川家が関東に封じられてから召し抱えられた関東譜代である。

関ヶ原以降の旗本である堀田家は、このどれにも含まれていない。

「昔っからのお人ほど、新参者への嫉妬は厳しいでっせ」

「……であるな」

堀田加賀守が同意した。

「加賀守さまは上様の寵愛《ちょうあい》を受けて人の及ばぬ立身を遂げはった。それは個人の手柄で、家とはかかわりのないことですねんけどな、古いお家柄というのは、それが辛抱できはらんもんです。新参が古参の己よりも上にいてる。それだけで腹が立つという狭量なお方が多い。いやあ、ほとんどですなあ」

一夜がしみじみと言った。

「若い、出自が卑しい、新参、そのどれでも蔑むには十分。それが人というものだな」

苦い顔で堀田加賀守が首肯《しゅこう》した。

「しゃあけど、その妬みを加賀守さまへは向けられまへん。加賀守さまを蔑むというのは、引きあげはった上様を嗤《わら》うことでもおますさかいな」

「ああ」

堀田加賀守が認めた。

「ときは、上様がお隠れになるまでしかおまへん。まだ上様はご壮健で、心配は早すぎますけどな。いざとなってから慌てたんでは、あまりに目立ちます。そうなっては御子孫さまが困らはります」

「余は困らぬのか」

述べた一夜に、堀田加賀守がわざと首をかしげて見せた。

「お供しはりますやろ」

殉死するだろうと一夜が断言した。

「いたす」

堀田加賀守が宣《せん》した。

寵臣というのは、一代の栄華を受ける代わりに、引き立てた主君とともにこの世から去るのが決まりであった。

「あれだけのご厚恩を賜《たまわ》っていながら」

「命惜しみをするなど、武士の風上にも置けぬ」

おめおめと主君の死後も世にあれば、非難を浴びる。

「ご縁はないものと」

「今後は出入りを遠慮いただこう」

昨日まですり寄ってきた連中が、手のひらを返す。

そして、武家としての縁が切られれば、婚姻、養子縁組、近所付き合いなどが途切れ、家が維持できなくなる。

「加賀守さまはそれでよくても、お家が困りますわな。上様からの御加恩だと思って、一代ですべてをお返しするという方法もおますけどな、それは違うとわたいは思いますねん」

「寵臣が代を継いでもよいと」

「上様が望んでおられまっせ、それを」

少し驚いた堀田加賀守に一夜が言った。

「上様がお望み……」

堀田加賀守がさすがに唖然とした。

「怒らんと聞いておくれやすな。上様は暗愚ではいらっしゃいませんやろ」

「上様はご英邁《えいまい》である」

おずおずと問うた一夜に、強い返事を堀田加賀守がした。

「それほどのお方が、寵臣というだけで、十万石もくれはりますか」

「むっ」

堀田加賀守が思ってもいなかったところを突かれた。

「十万石と言えば、譜代では彦根《ひこね》の井伊《いい》さまは別格として、館林《たてばやし》の榊原《さかきばら》さま、姫路《ひめじ》の本多《ほんだ》さま、庄内《しょうない》の酒井《さかい》さまと遜色《そんしょく》のないお扱い」

徳川四天王と一夜は比較した。

「…………」

「もし、今三万石しかなかったとして、加賀守さまは上様への忠誠が減りますか」

黙った堀田加賀守に一夜が尋ねた。

「たわけたことを申すな。三百石でも吾《わ》が忠誠は上様一人だけのものじゃ」

「それを上様はご存じでございましょう」

「かたじけなきことにな」

　さらに訊《き》いた一夜に、堀田加賀守が自慢げな顔をした。

「おわかりなのに十万石をくださる。その意味はなんでございましょう。一代だけで取りあげるならば、十万石は大きすぎまする。もし、家が潰れれば、どれだけの牢人が産まれましょう」

　家康《いえやす》、秀忠《ひでただ》、家光《いえみつ》と三代にわたって、幕府は外様大名、親藩大名、譜代大名をいろいろな理由で取り潰してきた。外様大名は武家諸法度違反、一門は無嗣断絶、譜代は治世の能力に欠けるという名目などで改易、転封、減封とした。その結果数万をこえる牢人を世に放つことになり、各地の治安が悪化していた。

「上様は、加賀守さまの御子孫さまに、和子《わこ》さまへの忠誠をお求めだと思いますが」

「…………」

　堀田加賀守が沈思に入った。

　一夜はその考えを邪魔しないように、静かに待った。

「……わかった。突出するなと申すのだな」

「突出はもうしてはりますがな」

思案の結果を口にした堀田加賀守に、一夜が首を左右に振った。

「どうするのだ」

「少しずつ、少しずつ、執政《しっせい》から離れはったらと思います。石高と老中という権威、これが合わされば、御三家はんでも遠慮しはります。それは徳川の血こそ第一と考えておられる一門衆、何人もの先祖を戦《いくさ》で死なせた譜代衆にとって、受け入れがたいもん。権あるいは石高だけなら、せいぜい陰口をたたくていどしかしまへん。表だって糾弾すれば、過去、新参者を引き立てたすべての将軍家を、人を見る目なしと言うにひとしおますよって」

結論を求めた堀田加賀守に一夜が告げた。

「代を継いでの寵臣か」

「上様のお顔も存じませんが、一門や譜代にご不満をお持ちなんと違いますやろうか」

「なぜそう思う」

堀田加賀守が目を細めた。

「一門、譜代が信用できるなら、新参者を引きあげんでもすみますやろ」

「新参者の能力が高ければ……」

「お怒りを承知で申しますけどな。加賀守さま始め、松平伊豆守さま、阿部豊後守《あべぶんごのかみ》さま、皆様、上様に見いだされたのは、まだ子供のころでしたはず。その段階で政《まつりごと》ができるかどうかはわかりまへんで」

「……ふん」

一夜の答えに堀田加賀守が鼻を鳴らした。

「上様はご自身の譜代をお持ちになられたい……」

「譜代はその名の通り代を重ねてか」

堀田加賀守が繰り返すように呟《つぶや》いた。

「そのためには、家を残さなあきまへん。多少のことでは揺るがないだけの土台を作らんと」

「土台……金か」

一夜の提案に堀田加賀守がうなった。

「殿、引き連れましてございまする」

襖越しに堀田家の近習《きんじゅ》の声が聞こえた。

「残念だが、ここまでだの」

「ですなあ」

密談は終わりだと言った堀田加賀守に、一夜が首肯した。

「開けよ」

堀田加賀守が許可を出した。

「御免」

襖が開かれ、高手小手に縛られた素我部一新と近習が見えた。

「淡海っ」

素我部一新が一夜の姿に思わず声を出した。

「控えや。こちらにおわすのは、老中首座堀田加賀守さまやで」

無礼を咎められる前に、一夜が素我部一新を叱りつけた。

「よい。無礼は、十分そなたからもらったからな。今さら多少増えたところで変わらぬ」

堀田加賀守があきれた笑いを浮かべた。

「外してやれ」

近習に堀田加賀守が指示した。

「はっ」

近習が素我部一新の縛《いまし》めを解いた。

「かたじけのう存じまする」

素我部一新が、堀田加賀守に手を突いて礼を述べた。

「余ではなく、こやつに申せ。そなたの命を救うため、こやつは余に借りを作ったのだ」

「淡海っ……」

素我部一新が泣きそうな顔をした。

「但馬守へ申しておけ。こやつが余に借りを返すまで手出しは無用じゃとな」

「ははっ」

堀田加賀守の命に、素我部一新は応じるしかなかった。

三

柳生十兵衛三厳《みつよし》は、柳生の郷を出て大坂へと歩みを進めていた。

大和《やまと》と大坂の間には峻険《しゅんけん》ではないが、生駒《いこま》の山が立ちはだかる。途中には馬の鞍《くら》がひっくり返るといわれるほど急な鞍返り《くらがえ》峠《とうげ》もあった。

だが、そのようなものも十兵衛三厳にとって、平地となにも変わらない。

「待たれよ」

鞍返り峠で十兵衛三厳の前に、三人の牢人が立ちはだかった。

「拙者《せつしゃ》に御用か」

十兵衛三厳が足を止めた。

「その羽織の二階笠《にかいがさ》の紋、柳生のお方とお見受けいたす」

「いかにもさようだが、貴殿は」

家の名前を言われた十兵衛三厳が誰何《すいか》した。

「これはよい。大和に向かって山を下らずにすんだ」

「まさに御仏《みほとけ》のお導きよな。参拝した功徳じゃ」

鞍返り峠近くには神護寺《じんごじ》という厄除《やくよ》けの名刹《めいさつ》があった。

「内輪の話は後にしてくれぬか。呼び止めておきながら、用がないならば失礼するぞ」

十兵衛三厳がさっさと用件を言えと急《せ》かした。

「酒井山城守《やましろのかみ》の家中であった者でござる」

「……酒井山城守どの」

聞いた十兵衛三厳が首をかしげた。

「しらばくれるのは止《や》めてもらおうか。柳生但馬守によって、改易の憂き目に遭った下総生実《しもうさおゆみ》藩二万五千石の主であったお方じゃ」

「あいにくだが、拙者は存ぜぬ。剣術修行のため長く江戸を離れておるゆえな」

怒りを見せた牢人に、十兵衛三厳は興味はないと首を横に振った。

「なんだと」

「他人の粗を探す犬のような役目でありながら」

「家中二百人の生活《たつき》を奪った罪の重みを感じぬと」

三人の牢人が口々に十兵衛三厳を罵《ののし》った。

「思わぬ。そもそも家を潰されるようなまねをしたのは、おぬしらの主君であった酒井山城守どのであろう。そして、その馬鹿を諫《いさ》めきれなかったおぬしたち家臣の責じゃ」

十兵衛三厳が厳しく糾弾した。

「……黙れっ」

最初に声をかけた牢人が怒鳴った。

「痛いところを突かれたか」

口の端を十兵衛三厳はゆがめた。

「ようやく得た百五十石だったのだ」

「嫁ももらい子もできた。後は家を継がせるだけだった」

牢人たちが口々に苦情を申し立てた。

「文句は女好きの主人に言え」

十兵衛三厳が牢人たちの泣き言を一蹴した。

酒井山城守は飛驒高山《ひだたかやま》藩主金森可重《かなもりよししげ》の七男であった。大名の息子として三代将軍家光に目通りをした酒井山城守は家光の寵童《ちょうどう》として召し出され、名門酒井家の姓と二万五千石という領地をいきなり与えられるほど愛《め》でられた。

しかし、酒井山城守は堀田加賀守や左門友矩のように男色になじまなかった。

「いささか体調が芳しくなく……」

そう言って酒井山城守は、長く家光のもとから離れ、屋敷に籠《こ》もった。

これだけならば、別段咎められるほどのことはなかった。だが、酒井山城守は、この療養中に女色に耽《ふけ》り、なんと四人の子供を産ませてしまった。

「躬《み》より女が良いと申すのか」

家光が激怒した。

もちろん、家光も大名は跡継ぎを作らなければならないというのを重々承知している。寵臣が妻を娶《めと》り、子をなすことは認めていた。

とはいえ、病気療養といって閨《ねや》に侍《はべ》らず、屋敷で女と戯れていたのだ。

「潰せ」

家光は柳生但馬守に命じ、

「大名として勤務を倦怠《けんたい》し、ご恩を無にした」

と断じさせ、家は改易、本人は水野勝成《みずのかつなり》へ預けられた。

当然、仕えていた藩士たちは禄《ろく》を失い、牢人となるしかなかった。

その恨みを牢人たちは、偶然見かけた十兵衛三厳で晴らそうと言うのであった。

「主君を愚弄するか」

「もう大名でもなかろう。旧主と呼ぶべきだぞ」

十兵衛三厳がさらに煽《あお》った。

「土師《はじ》氏、もうよかろう」

「そうじゃ、こやつを討って、将軍家剣術指南役などこのていどであったと、天下に知らしめてくれようぞ」

「そうよな。息子が斬られれば、恥ずかしくて将軍家剣術指南役をやめざるを得まい」

三人の牢人が合意した。

「恨みを晴らすべし」

「おうよ」

見合わせていた顔を十兵衛三厳のほうへもどした牢人たちは、目の前に十兵衛三厳が迫っていることに驚いた。

「げっ」

「いつのまに」

あわてて二人が太刀《たち》を抜こうとした。

「……かふっ」

残った一人の牢人が、十兵衛三厳の一刀を胸に受けて崩れ落ちた。

「皿野《さらの》……」

「卑怯《ひきよう》な、まだ抜いて」

二人が呆然《ぼうぜん》とした。

「野仕合に卑怯も正義もあるわけなかろう。殺し合うと言った瞬間から、命の遣り取りは始まっている」

十兵衛三厳は嘲笑を浮かべた。

「こいつ」

「おのれがっ」

二人がようやく太刀を抜いたが、遅かった。

「柳生なら入門さえできぬの」

嘲りながら、十兵衛三厳が太刀をきらめかせた。

「あつっ」

「なんだ……」

土師と呼ばれた最初に声をかけてきた牢人が苦鳴を漏らし、もう一人が怪訝《けげん》な顔をした。

「よくもそのていどの腕で、恨みを晴らすなどと申したことよ」

太刀に拭《ぬぐ》いをかけながら、十兵衛三厳があきれた。

「なんだと……」

「……くへっ」

怒鳴りかけた土師が腰の力を失ったように跪《ひざまず》き、もう一人が崩れ落ちた。

「腹は痛みを感じにくい」

太刀を鞘《さや》へ戻しながら十兵衛三厳が告げた。

「えっ」

あわてて自らの腹部に目を落とした土師が、啞然とした。

腹が横一文字に裂け、なかから青白い腸《はらわた》がこぼれ出ていた。

「腸、腸、吾《われ》の腸」

土師が急いで内臓を両手で掴《つか》もうとしたが、すでに遅かった。

「ああああ、死にたくない」

泣きそうな顔で土師が十兵衛三厳を見た。

「拙者を斬るつもりだったのだろう。あいにく、少しばかり拙者が強かった。それだけのことだ」

「医者を……」

「無駄なこと」

救いを求める土師に冷たく言い捨てて、十兵衛三厳が背を向けた。

素我部一新の妹佐夜《さよ》は、一夜から暇を出された後、じっと実家で様子を見ていた。

「一夜が逃げた」

「捕まえろ」

足軽《あしがる》長屋という名の伊賀者《いがもの》住居が騒がしくなったことで、佐夜は動くことにした。

「上方へ行って、淡海の女とやらを見極めてくれよう」

兄の留守をよいことに、佐夜はそのまま柳生屋敷を抜け出した。

その素我部一新は、堀田加賀守の屋敷から少し離れた路地で、一夜から説教を喰《く》らっていた。

「付いて来るなと言うたやろ」

「殿の御命では……」

「上の言うことを全部聞いてたら、世のなか無茶苦茶になるわ。いつも上が正しいとはかぎらへんねんで」

「主命に従うのが武士であろう」

「阿呆《あほ》の下に阿呆が付いただけやぞ。いや、主命というのは言いわけやな。なにかあったときに責任を逃れるための」

「言い過ぎだぞ、一夜」

一夜の悪口雑言に素我部一新が苦言を呈した。

「まちごうたことは言うてへんわ。おまはんがわたいの跡を付けて加賀守はんのお屋敷に忍ぶから捕まった。結果、柳生は堀田加賀守はんに借り一つできた」

さりげなく己の借りを、柳生家のものに一夜が言い換えた。

「捕まった忍《しのび》は殺されるのが宿命《さだめ》。放置してくれれば良かったのだ」

「柳生の家の者とわかってるのにか。それこそ、堀田加賀守さまを怒らせるだけやで。こっちが先に頭を下げたからこそ、すませてくれはった。もし、変にごまかそうとしてみ、柳生は手痛い目に遭《お》うてるわ」

一夜が首を横に振った。

「柳生は将軍家剣術指南役ぞ。いかに老中といえども……」

「上様が出てくるで」

言い返そうとする素我部一新に一夜が告げた。

「……上様が」

「堀田加賀守はんが、柳生がこのようなまねをいたしましたので、いささか咎めを与えたく存じまするると奏上しはったら、どうなる」

「どうにもなるまい」

「……はあ」

平然と答えた素我部一新に、一夜が盛大にため息を吐いた。

「柳生を咎める。これは好機やねんで、上様にとって」

「何が言いたいのかわからん」

「剣術指南役をそのままにして咎めるならば、転封がちょうどええやろ。表高は一万石、実高は六千石くらいのところに移すとなったら、家中はどうなる」

「減禄を受け入れて、移住することになろうな」

「そうやろう。ところで左門はんはどうすんねん」

一夜が問うた。

「なにを言うのか。左門さまも引っ越されるに……」

当然一緒にと言いかけた素我部一新が気づいた。

「上様がお許しになるか」

「……………」

訊かれた素我部一新が黙った。

今、左門友矩は病気療養という名目で旗本でありながら、出仕もせず江戸を離れている。

「九州日田《ひた》へ封を移す」

新領土が柳生の郷からはるか遠方となったとき、左門友矩は連れていけない。

「それだけ歩けるならば、病はもうよかろう」

かならず家光からそう言われる。

「その札を、おまはんは堀田加賀守さまに差し出したんや」

「…………」

「止めとき、今さら腹を切ったところで、状況はかわらん。それどころか悪化するだけや。もし加賀守さまから、おまはんをと名指しでお召しがあったとき、どう但馬守はんは言いわけすんねん。加賀守さまに要《い》らぬ貸しを作ったことを詫《わ》びて腹切りましたと……」

「だが、それではこの失策を……」

止《とど》めを刺すような一夜に、素我部一新が喚《わめ》いた。

「死ぬ気で柳生を守れ」

「……柳生を守る」

一夜に言われた素我部一新が戸惑った。

「柳生が狙われていることくらいはわかっているやろ。左門友矩はんを取り返したい上様、左門友矩はんを江戸へ戻したくない堀田加賀守はん、同じ役目ながら大名へ出世した柳生を妬むもとの同僚、但馬守はんの差配で家を潰されたあるいは大きく減封された大名の関係、そしてなかでも手強《てごわ》いのが……」

「まだあるというのか。その手強いのは誰だ」

わざと言わずにためた一夜に、素我部一新が尋ねた。

「二度と腐れ縁を持ち出されたくない……わたいや」

「な……なにを」

己の顔を指さした一夜に、素我部一新が絶句した。

「気い抜いたら、柳生は潰れる。それを防ぐことで恥を雪《すす》ぎ」

「…………」

あらためて、一夜が本気だと知らされた素我部一新が息を呑《の》んだ。

四

それだけ言った一夜が、呆然としている素我部一新を残して歩き出した。

「あっ、待て」

素我部一新が動転したままで追いかけてきた。

「もう、用はすんだ。屋敷へ帰り」

「淡海はどうするのだ」

手を振った一夜に素我部一新が訊いた。

「まだいろいろとせんならん」

「いや、一度屋敷へ戻れ。殿の御命じゃ」

用があると答えた一夜に、素我部一新が柳生但馬守が呼んでいると伝えた。

「知らん」

一夜が一言で拒否した。

「おい」

素我部一新の表情が変わった。

「わたいは今、柳生の江戸屋敷に納品される品物をまともで安価で安定して提供できるものに変えている最中や。それをせいというたのは但馬守はんや。己で出した命令をころころ変えられたら、こっちは動けんぞ」

「お召しだぞ」

武士にとって主君の召し出しは絶対である。これに応じなければ、放逐されても文句は言えない。下手《へた》をすれば上意討ちを出されることにもなる。

「素我部はん、但馬守はんに伝言頼むわ」

「殿に……」

なんだと素我部一新が首をかしげた。

「邪魔すんな」

「な、なにを」

あまりな言葉を口にした一夜に、素我部一新が一瞬放心した。

「柳生の財政をどうにかせえと言うたのは、そっちじゃ。わたいは江戸に着いてから一日も休まず、ずっと働いている。それを松木《まつき》はんはまだしも、主膳が邪魔ばかりしおる。当然、主膳が好きにやっているということは但馬守はんの暗黙があるからや。わたいに失敗させて、それを首かせにするつもりなんやろうが、それこそ人を舐《な》めてる証拠じゃ。おまはんもそうじゃ。跡ばっかり付けて、それへもわたいは気を配らなあかん。そろって足引っ張ることしかせん」

「……うっ」

たった今、一夜の足手まといになったばかりである。素我部一新が詰まった。

「おまはんの妹もや。藩の大事やぞ。それをどうにかするために、わたいは大坂から連れてこられたんや。そのわたいに色仕掛けしてどないすんねん。女《おなご》に溺れたら、それだけ仕事が遅くなるやないか」

「………」

またも素我部一新は返す言葉もなかった。

「そんな連中しかおらん屋敷に帰る意味はあるか」

「それは……」

一夜の糾弾に素我部一新がうなだれた。

「せめてどこに寄宿するかだけは教えておいてくれ」

素我部一新がすがるようにして願った。

「泊めてもらえるかどうかはわからへんけど、駿河屋《するがや》はんに伝えてくれたら、わかるようにはしておく」

「駿河屋だな」

「わかったならば、帰れ」

念を押した素我部一新に、一夜が言い捨てた。

反論できず、一人で帰った素我部一新は、柳生但馬守の前で小さくなっていた。

「加賀守さまのもとへ行ったか」

「…………」

「素我部」

「はっ」

額《ひたい》を廊下に押しつけたままで、素我部一新が応じた。

「そなたほどの者が、捕らえられるとは思えぬが」

「申しわけもございませぬ。敵は御広敷《おひろしき》伊賀者でございました」

素我部一新が答えた。

御広敷伊賀者は、幕府伊賀者の中核をなすもので、老中の指示を受けて隠密《おんみつ》として全国へ散る、腕利きの集まりであった。

「数に押し負けたか」

「恥じ入りまする」

柳生但馬守のため息に、素我部一新がさらに身を縮めた。

「よいわ。そなたが死ねば、一夜の行方《ゆくえ》はわからず、加賀守さまとの繋《つな》がりも見えなかった。今回は功罪相殺といたす」

「かたじけなき仰せ」

罪を問わぬと言われた素我部一新が安堵《あんど》した。

「されど、貸しは痛いわ」

「…………」

あらためて言われて素我部一新が黙った。

「一夜をどうこうできなくなった」

「……なにがでございましょう」

嘆息した柳生但馬守に、素我部一新が尋ねた。

「加賀守さまへの貸しを返さぬかぎり、一夜への手出しは御老中首座さまを敵に回すと同義になる」

「…………」

「まだわからぬか。一夜の奴《やつ》め、口先で丸めこんだな」

柳生但馬守が首を左右に振った。

「貸しを作ったのは一夜だ。そなたの命を助けるためにな。それをうまくごまかして柳生への貸しとしたようだが、加賀守さまは承知しておられまい。つまりは、一夜と加賀守さまの間の貸し借り。もし、一夜が貸しを返す前に行方知れずになったり、死んだりしたらどうなる」

「加賀守さまがお怒りになられると」

やっと素我部一新が理解した。

「打つ手、打つ手が裏目に出たわ」

柳生但馬守が苦笑した。

「で、淡海どののことは」

「しばし放置で良い。ただし、目を離すな。いや、そなたはこの任から外す。少し情がからみすぎた」

「……はい」

素我部一新がうなだれた。

「下がれ」

柳生但馬守が素我部一新を下がらせた。

「父上、今、よろしいでしょうか」

待っていたかのように主膳宗冬の声がした。

「かまわぬ」

素我部一新が出ていったのとは違う、奥と繋がる襖が開き、主膳宗冬が入ってきた。

「どういたした」

機嫌の良い主膳宗冬に柳生但馬守が問うた。

「本日、日本橋の黒住屋へ行き、当家の出入りを申しつけて参りました」

「黒住屋……江戸城大奥出入りの黒住屋か」

「そこまでは存じませぬが」

確かめた柳生但馬守に主膳宗冬が応じた。

「主に会ったのか」

「あいにく他行しておりましたので、番頭にしかと申しつけましてございまする」

主膳宗冬が胸を張った。

「で、黒住屋はどう返答いたした」

「主が戻り次第、当家まで挨拶に来ると」

「本当にそう言ったのだな。一言一句まちがいないな」

「…………」

そう言われると自信がなくなる。主膳宗冬が黙った。

「しっかりと思い出せ。番頭はなんと答えた」

厳しい口調で柳生但馬守が主膳宗冬に命じた。

「しばし、しばし、お待ちを……」

主膳宗冬が慌てながら思案に入った。

「……たしか……主が帰りましてから、あらためてご挨拶に参ります……でございました」

絞り出すように主膳宗冬が思い出した。

「まちがいないな」

柳生但馬守が念を押した。

「たぶん……いえ、まちがいございませぬ」

いい加減なことを言いかけた主膳宗冬が、睨《にら》まれて顔色を変えた。

「……愚か者めが」

大きく柳生但馬守がため息を吐いた。

「ち、父上」

「もう少し世間を覚えさせるべきであった」

柳生但馬守が何度も首を左右に振った。

「もうよい。そなたはなにもするな」

「父上、どういうことでございまするか」

手を振った柳生但馬守に、主膳宗冬が戸惑った。

「道場へ行き、しっかりと稽古しておけ」

「では、今回の功績は」

「寝言を申すな」

柳生但馬守があきれた。

「そなたのやったことは、柳生が愚か者だと黒住屋に教えただけだ」

「なぜでございまする。主が挨拶に来ると」

「…………」

心底情けないという目で、柳生但馬守がわめく主膳宗冬を見つめた。

「うっ」

主膳宗冬がたじろいだ。

「そなたができるくらいならば、余は一夜など呼び出したりはせぬ。せめて剣術だけでも一夜に勝れ。でなくば、そなたに価値はない」

「なっ、なんと。わたくしがあの商人ごときに劣ると仰せでございまするか」

「何度も何度も言わせるな。そなたは剣術だけしておればいい。それ以外のことにはかかわるな」

反論した主膳宗冬を柳生但馬守が叱りつけた。

「……はい」

主膳宗冬が悄然《しょうぜん》とした。

「十兵衛を手元に残し、あやつを剣術修行に出すべきであった。あまりに世間を知らなすぎる。日本橋の黒住屋がどれほどの大店かさえもわかっておらぬ。大奥出入りはもちろん、御三家、ご執政衆とも膝詰《ひざづ》め談判ができるのだぞ。黒住屋から、少し困った御仁が来られましてと、御老中方の耳にでも入れられてみろ。柳生はただではすまぬ」

柳生但馬守が一人で不満を漏らした。

「今から会津へ手を出そうというときに、なにか失策があってみよ。上様がどのように思われるか。加藤《かとう》家の一件から外されるだけですめばよいが……」

会津《あいづ》藩主加藤式部《しきぶ》少輔明成《しょうゆうあきなり》の所領四十万石を、そのまま家光は異母弟保科《ほしな》肥後守《ひごのかみ》正之《まさゆき》に与えたいと考えていた。しかし、いくら将軍が絶対権力者だとしても、なんの落ち度もない大名を移封あるいは減封、改易などできない。やれば、まちがいなく御三家から、天下を統《す》べる器にあらずという非難が出る。

「任せる」

柳生但馬守が大名になった後、家光は加藤式部少輔を会津から除《の》けろという指図を出した。

「濡《ぬ》れ衣《ぎぬ》では潰せぬな」

かつて惣目付《そうめつけ》のころ、柳生但馬守や秋山修理亮正重《あきやましゅりのすけまさしげ》らは、家光の好悪で大名を咎めたことがあった。

だが、さすがに将軍の恣意《しい》で大名を取り潰すのはいろいろと問題もあり、せいぜいが転封、あるいは減封で止めている。

武家は家の存続が認められるかぎり、大きな反発をしない。今は冷遇されているが、将軍代替わりで許されたり、待遇が好転することがあるからだ。

それが潰されるとなると、あらゆる手立てを使って必死の抵抗をする。もし、偶然でも冤罪《えんざい》だとわかれば、それこそ幕府の権威は失墜する。

「……素我部を使うか」

一夜の監視から外れた柳生家伊賀者を、柳生但馬守はその策に使うと決めた。

五

駿河屋の大戸は閉まっていた。

「かなんなあ。素我部の相手をせんかったらよかった」

一夜は閉められた大戸を前にため息を吐いた。

「この辺に旅籠《はたご》はないかなあ」

江戸へ来てから毎日、毎日仕事に没頭させられた一夜は、地理に不案内であった。

「吉原《よしわら》っちゅうわけにもいかんし」

江戸で唯一公許を得ている吉原遊郭は、武士の門限に合わせて大門を閉める。つまり日が暮れれば、なかへ入ることもできなかった。

「側《そば》までいけば、朝までやってる怪しい見世《みせ》もあるやろうけど……」

吉原には日に千人の客が来ると言われている。そのすべてが吉原の見世に揚がれるわけではなかった。

江戸唯一の遊郭ということは、吉原以外は悪所であり、いつ町奉行所の手入れがあっても不思議ではないのだ。女の股ぐらに腰を割り入れ、一所懸命振っているところに手入れがあれば、武士も何もあったものではない。もちろん、武士は町奉行所の管轄ではないゆえ、捕まることはないが、それでも恥にはなる。

そうならないという保証があるぶん、吉原は値段が張る。また、江戸は男が多く女が少ないという事情もあって、金があってもかならず女を抱けるわけではない。それこそ、客を誘う女の媚態《びたい》を見せつけられるだけで、吉原から退散しなければならないこともある。

そういったあぶれた客を目当てにした御法度の遊女が、吉原の周辺に出没した。

「大坂の島之内《しまのうち》もそうやけど、あのへんの女は、明るいところでは見られへんし、吾が母親より歳上《としうえ》というのもままあるしなあ」

一夜は大坂にいたころ、島之内の遊郭に馴染《なじ》みの見世を持っていた。

「変な女に引っかかってはかなわん」

大坂商人は跡取り息子に、虫が付くのを嫌う。百戦錬磨の女にかかれば、蜘蛛《くも》の糸に絡められた蝶《ちょう》のように身動きが取れなくなってしまう。

そのあたりの財産狙《ねら》いに喰い付かれないよう、あらかじめ遊郭へ連れていき、女と閨《ねや》ごとを経験させる。

一夜の祖父淡海屋七右衛門《しちえもん》もそうした。

「困ったもんや」

さすがに閉まった大戸を叩《たた》くほどの厚かましさは、一夜にはなかった。

「金屋《かなや》はんに頼むか」

「つれないことを仰せでございますな」

踵《きびす》を返そうとした一夜の目の前に、駿河屋の主総衛門《そうえもん》が立っていた。

「駿河屋はん……いまごろどないしはりましてん」

一夜が驚いた。

「仲間内の会合がございましてな。その帰りに淡海さまをお見かけしまして」

「どこから聞いてはりました」

「吉原というわけにはいかないというあたりからでございまする」

「ほとんど最初っからですがな」

一夜が頭を抱えた。

「いやいや、悪所へ行かれようとなされたらどうしようかと思いました」

「勘弁しておくれやす」

笑いながら言う駿河屋総衛門に、一夜がため息を吐いた。

「さあ、こんなところで立ち話というわけには参りません。どうぞ、なかへ」

「よろしいんか」

「このままお帰しするようでは、駿河屋の暖簾を下ろさなければなりません」

問うた一夜に駿河屋総衛門が応じた。

「助かりますわ」

一夜が頭《こうべ》を垂れた。

江戸でも指折りの大店は、奉公人の教育も行き届いている。常識外れの刻限に訪れた一夜に奉公人は嫌な顔一つ見せず、客間の用意、食事の仕度をしてくれた。

「おもてなしには足りませんが」

「いやあ、十分ですわ」

不意の来客への膳《ぜん》である。十全の用意などできるはずもない。それでも駿河屋総衛門は、二汁二膳の夕餉《ゆうげ》を出した。

「いただきます」

軽く頭を下げてから、一夜は夕餉に箸を付けた。

「うまいなあ」

昼どころか朝からまともに喰っていない。一夜はしみじみと言った。

「……ご馳走《ちそう》さまでございました」

一夜が食事を終えた。

「ところで、なにがございました」

「あまりに足を引っ張ってくれるので、ちと頭にきまして、屋敷を飛び出したんですわ」

食後の茶を用意しながら訊いた駿河屋総衛門に、一夜は一気に語った。

「なるほど」

それだけで駿河屋総衛門が納得した。

「この後どうなさるおつもりで」

「もう少し、江戸屋敷出入りの商人を入れ替えるなり、引き締めるなりしてから、一度国元へ帰ろうと思うてます」

「国元……大坂へ」

「大坂にも顔は出しますやろうけど、その前に柳生ですな。柳生の郷をどうにかせんとあきまへん。どれだけ江戸での出費を抑えたところで、収入が増えなんだらじり貧になるのはわかってます」

「はい」

一夜の言葉を駿河屋総衛門が認めた。

「大名の内政も商売と同じ。入るをはかり、出《いず》るを制す。ほんまは国元で新たな収入を組み立ててから、江戸へ出てきて出入り商人に切りこむつもりやったんですけどな。無理矢理江戸へ呼び出されたもんで、国元がまったくですねん」

「それはいけませんな」

駿河屋総衛門がうなずいた。

「商売は、まず売りものを手に入れるところからです」

「そうですねん。二年や三年、かかって当然。商いは落ち着くまでが大変です。それを但馬守さま始め、誰もわかってへん。わたいを呼びつけたら、それですぐに結果がでると思いこんでる。そんなわけおまへん」

一夜がぼやいた。

「武士は気が短いというより、辛抱がききまへん。わたいが江戸に来れば、すぐに金が溢《あふ》れると皮算用してますねん。打ち出の小槌《こづち》やあるまいに、そんな甘い話はおまへん。かというて、なんの成果も出さへんかったら、たちまち責められます」

「それで江戸の出入りを洗われたと」

「五両でも十両でも、目の前に金を積まんと、この首が危なかった」

感心する駿河屋総衛門に、一夜が表情を引き締めた。

「ご当主さまの肝煎《きもい》りでしょうに」

「そのご当主さまが、わたいを嫌ってますからよって」

一夜が苦笑した。

「若気の至りというのが、目の前でうろちょろしますねん。そら、ええ気はしまへんやろ。当然、馬鹿息子も譜代という格にあぐらを掻《か》いている家臣も、いきなりの抜擢《ばってき》を認めるのは嫌でしょう」

「たしかに」

「わたいは殺されに江戸へ来たわけやおまへん。さっさとやるだけのことをして、柳生家に絶縁状を叩きつけるため。それには相手を納得させるだけの功績が要ります。じっくりと肚《はら》据えてやるんやったら、出入りの商人を一軒ずつ説得していきますわ」

首を縦に振った駿河屋総衛門に一夜が述べた。

出入りというのは、なれ合いという問題も起こすが、いろいろ利点も大きい。

「しばし支払いを待ってくれ」

「少し納品を遅らせて欲しい」

そういった我《わ》が儘《まま》が出入りだと通じる。

「まあ、今回の連中は江藤屋《えとうや》を始め、ちょっと酷すぎましたけどな。大坂であんな商いをしていたら、周りから相手にされまへん」

「江戸はまだ新しい土地ですから」

これから拡《ひろ》がろうとしている江戸には、いろいろな思惑の男女が集まってくる。なかには武家の無知につけこんで、大きな利益をむさぼろうと考える者もいた。

「金は怖ろしいものだと、気づいていないお方が多すぎますな」

「武士は当然としても、にわか商人があきまへんなあ」

普請《ふしん》の槌音が絶えない江戸は、すべてのものが不足気味であり、地方で買い付けて運んでくるだけで飛ぶように売れる。多少強引な値付けでも、それが通るのだ。ちょっと小金を持っている者が、争って商人のまねごとをする。そんな連中に商人としての道義や仁義を語っても無駄でしかなかった。

「儲《もう》かるからといって、手を拡げすぎてますな」

駿河屋総衛門も苦い顔をした。

「己の器量というのがわかってない。なにせお相手が算盤《そろばん》どころか足し算引き算さえご存じではないお武家さまですから、こちらの言い値で買ってくださる。そんなお方名方が、次から次へと屋敷を出て江戸へこられては、お付き合いを申しこんでくださいます。それこそ、あっという間に蔵が建ちましょう」

「それで己の手柄、いや、己に商才があると思いこんでしまう。運も実力のうちと言うけど、それはあかん。一度は勝てても、次は負ける。人はいくら背伸びしても、己の身の丈の倍には届かへん」

一夜がため息を吐いた。

「皆、わかっていたはずなんですがねえ」

駿河屋総衛門が苦笑した。

「ところで、話が逸《そ》れましてんけど、当分の間屋敷には帰れまへん」

「なにかございましたか」

「わたいのこの首を狙っている者《もん》と、わたいを柳生に縛り付けるための女が身近にいてますねん」

「それは一大事でございますな」

「なので、しばしのお宿をお借りしたいとお願い仕ります」

姿勢を正して、一夜が頼んだ。

「よろしゅうございますよ。しばしではなく、生涯でも」

「それはまたの話に」

泊めてくれと言ったばかりで、冗談でも相手の話を拒否はできない。一夜は笑いながら、駿河屋総衛門の話を流した。

「誰かいるかい」

駿河屋総衛門が手を叩いた。

「お呼びでございましょうか」

店のことではなく、駿河屋総衛門とその家族の雑用をこなす上の女中がすっと襖を開けた。

「英《えい》、今夜から淡海さまが当家にお住まいになられることになった。奥の客間を使えるようにしておくれ」

「奥……」

命じられた英が戸惑った。奥の客間は、駿河屋の一門が来たときなどに使われる部屋で、主の総衛門、娘の祥《さち》などが居住する私邸のなかにあった。

「駿河屋はん、わたいは奉公人はんと同じ部屋で……」

「奥と言ったよ、わたしは」

すっと駿河屋総衛門が声を低くした。

「申しわけございません」

あわてて英が頭を下げて、準備をしに行った。

「駿河屋はん……」

「淡海さま、これは要りようなことなのでございますよ。番頭あたりは淡海さまのことを存じておりますが、手代《てだい》や小僧、女中などはわかっておりませぬ。淡海さまが、当家にとってどれだけ大事なお客さまであるかを示さねばなりませぬ」

「それほど駿河屋はんに、利はないと思うけどなあ」

大げさやと一夜が首をかしげた。

「ふふふ、利があるかどうかは、買い手の考えることでございましょう」

「買い手……怖いなあ。とにかく、よろしゅうお願いいたしますわ」

頬《ほお》を引きつらせながら、一夜は宿ができたことに安堵していた。

第二章　上方風景

一

鞍返り峠での戦いをあっさりと終わらせた十兵衛三厳は、大坂の町へ足を踏み入れていた。

「このあたりのはずだが……」

道頓堀《どうとんぼり》を行き交う船を見ながら、十兵衛三厳は並んでいる店の暖簾《のれん》を確認していた。

「すまぬ」

「へい」

ちょうど目の前を通り過ぎようとした町人を、十兵衛三厳が呼び止めた。

「このあたりに、淡海屋という唐物《からもの》問屋があると聞いたのだが」

「淡海屋はんでっか。それやったらもうちょっと先のこぢんまりしたお店ですわ」

「看板か何かは出ておるかの」

教えてくれた町人に十兵衛三厳が確かめた。

「看板は出てまへん。代わりに暖簾がかかってまっせ」

「店に看板がない……」

十兵衛三厳が小さく驚いた。

「そらそうですがな。上方《かみがた》一と名高い淡海屋はんでっさかいな。一見《いちげん》はんのお相手はしはりまへん。それに商いも店ではのうて、淡海屋はんがお得意さまを回って売り買いしはるので、あんまり店は使わはりまへんねん」

「なるほど。そういうことか。ところで、今少し話を聞かせてもらってもよいかの」

「かまいまへんけど……」

十兵衛三厳の言葉に町人が、ちらと道頓堀に面して出ている葭簀《よしず》かけの茶店に目をやった。

「そこで一献と参ろうか」

「すんまへんなあ。催促したみたいで」

誘った十兵衛三厳に、町人が頭を掻《か》いた。

「親爺《おやじ》、酒はあるか。あれば二杯となにか適当に出してくれ」

「そのへんに座って、ちょいとお待ちを」

頬被《ほおかぶ》りをした親爺が、置いてある床几《しょうぎ》を示した。

「ここでいいな。まあ、座ってくれ」

「ごちそうになりまっせ」

町人が舌なめずりをしながら腰を下ろした。

「早速だが、この辺に住まいしておるのか」

「高津《こうづ》神社はんの近くで」

「すまん、わからぬ」

地名を言われても、十兵衛三厳にはどのあたりかの見当が付かなかった。

「ここからちょっと南東ですわ」

「そうか。この辺には詳しいのか」

「商いでしょっちゅう訪れますよって、そこそこは」

町人が答えた。

「淡海屋の評判はどうだ」

「よろしおっせ。まず商いに真っ当、若い者《もん》の面倒見もええ。お店《たな》も順調で、立派な跡取り孫はんもいてはる」

「ふむ。その跡取り孫というのは」

「一夜はんでっか。非の打ち所がないお人ですわ。若いけど女《おなご》に狂うわけやなく、酒に溺れることもなく、商いに熱心」

「べた褒めじゃの」

「唯一の傷は、お武家はん嫌い」

「ほう、武家が嫌いか」

十兵衛三厳が身を乗り出した。

「どうだ、もう少し吞《の》むか。親爺、酒の代わりを」

「へい」

すでに最初の酒は空《から》になっている。

「いや、これは、また」

町人も遠慮する振りはするが、そのまま酒に負けている。大坂の陣が終わって、そろそろ二十年をこえるが、大坂の復興はまだ続いている。当然、各地から普請にかかわる人足も多く入っており、同時にこれをあてにした飲み食いの屋台店も増えた。

結果、物価が上がった。米の値段は幕府の統制があるためまだましだが、酒などの嗜好品《しこうひん》は高くなる。屋台のような仮店で出す酒は、水でかなり薄めることで値段を抑えているため、数を呑まないと酔えないのだ。

「で、淡海屋の跡取りはなぜ武家が嫌いなんだ」

「これは表沙汰にはなってまへんけど、皆知ってることですわ。淡海屋の孫はんは、お母はんが武家と身体《からだ》を重ねて生まれた子やと」

「酒が来たぞ、吞め、吞め」

「おおきに」

茶碗酒《ちゃわんざけ》を町人がぐっとあおった。

「父が武家で、武家嫌いとは妙ではないか」

身一つで立身したい者は、一度の戦で大きな出世のできる武家になった。末路は良くなかったが、豊臣秀吉《とよとみひでよし》をはじめとして、石田三成《いしだみつなり》、小西行長《こにしゆきなが》と武家になったことで、大名にまでなった者もいる。

「その父親というのが……誰かは知りまへんが、一度も連絡をしてこないらしくて、母親の末期はもちろん、墓参りもせえへん、情がないにもほどがあると」

「まったく……」

十兵衛三厳も柳生但馬守のおこないにあきれた。

「そうそう、そう言えば、なんや淡海屋さんの跡取りはんに縁談が起こってるとも聞きましたわ」

「それはめでたいの」

酔いに任せて口の軽くなった町人をより乗せるために、十兵衛三厳が興味を見せた。

「相手は誰ぞ」

「信濃屋《しなのや》はんの娘はんやと聞いてま」

十兵衛三厳の問いに町人が答えた。

「信濃屋とはなにを商う店だ」

「味噌《みそ》問屋はんですわ。摂津《せっつ》でもかなり知られた大店《おおだな》でっせ」

町人が告げた。

「いや、おもしろい話であった。親爺、もう一杯出してやってくれ。拙者は先に行くが、ゆっくりしていけ」

訊《き》くだけは訊いたと十兵衛三厳は金を多めに置いて立ちあがった。


淡海屋七右衛門は、手代を一人連れて店を後にした。

「行ってらっしゃいませ」

「後は頼むわな」

見送りに出た信濃屋幸衛門《こうえもん》の長女永和《とわ》に、淡海屋七右衛門が手を振った。

「お嬢はん」

「では、帳面の締めをしましょうか」

淡海屋の大番頭喜兵衛《きへえ》に促された永和が、店に戻った。

「……大番頭さん、最近九州筋の品物が多いように見えますなあ」

帳面を繰りながら、永和が気づいた。

「さすがですな」

喜兵衛が永和を褒めた。

「どれもこれも大名物とまではいきまへんが、銘のあるものばかり」

永和が考えこんだ。

「出所があいまいなのも気になりますわ」

「お売りになるお方のご名誉にもかかわりますよってな。来歴のはっきりしたものについては、残さないのが慣例で」

重代の家宝を売り出すというのは、かなりの恥になる。商人はもちろん、武家も困窮していると知られるわけにはいかないので、売主を隠すのが唐物問屋の慣習だと喜兵衛が言った。

「もっとも銘品ですからなあ。知ってるお人が見れば、すぐに誰が売ったかはわかりますけど」

喜兵衛が苦笑した。

「九州辺りでお金に困っておられるお方が増えた」

「そうですな」

確かめるような永和に、喜兵衛が首肯《しゅこう》した。

「不作」

「おそらく」

永和が口にした一言に、喜兵衛も同意した。

「相場が動くと」

「動くほどの不作とは思えまへん。そこまで酷《ひど》かったら、とっくに北浜《きたはま》が騒いでますわ」

喜兵衛が今度は永和の考えを否定した。

北浜には諸藩の蔵屋敷が集まっている。その米を買う米問屋も軒を並べていた。当然、米問屋は直接儲《もう》けに直結する米の出来に耳をそばだてている。

「問題は来年ですわ。今年は家宝を売るだけでしのげた。しかし、来年もまた不作になれば……」

「娘を売る」

永和が息を呑んだ。

「今回、こういった道具をお売りになられたお方は、まだ先が見えておられます。もっと状況が悪うなったら、百両の品でも五十両、下手《へた》したら十両と足下を見られますよって」

「…………」

「信濃屋さまのような手堅いご商売と唐物問屋は、ちょっと肌合いが違いまする。いかに安く買いたたいて高く売るか、それが唐物問屋の腕」

黙った永和に、喜兵衛が言い聞かすように述べた。

「もっとうちの旦那《だんな》さんは、甘いお方でっさかいな」

「はい。帳面からもわかります。少し相場より高めにお引き取りになっておられます」

永和がうなずいた。

「お得意はんは、一回の取引でできるもんやない。回を重ねて、代を重ねて、初めてお得意はんになってもらえる」

「一夜はんの代まで見据えて……」

喜兵衛の話に永和が感動した。

「かわいいてしょうがないんでっしゃろう」

喜兵衛も笑った。

「御免」

「へい、お出《い》でなさいませ」

そこへ不意の来客があり、すぐに喜兵衛が応じた。

「こちらが淡海屋さままでまちがいないか」

入ってきたのはちょっとした身形《みなり》の武家であった。

「はい。当家が淡海屋でございまする」

喜兵衛がうなずいた。

「主《あるじ》どのはご在宅か」

「あいにく他行いたしておりまする」

淡海屋七右衛門の不在を喜兵衛が伝えた。

「むっ。それは残念な」

「畏《おそ》れ入りまするが、どちらさまで」

「訳あって名乗りはできぬが、拙者は西国のとある藩で留守居役を務める者」

「はあ」

どこの藩はおろか、名前さえ名乗らない相手の言うことを信じるわけにはいかない。

喜兵衛は気の抜けた相づちを返した。

「淡海屋の目利きは大坂一だと聞いての。是非、この品の値付けをと思ったのだが……」

落胆した風で、武士が述べた。

「茶入れでございますか」

武士が懐《ふところ》から出した錦糸《きんし》袋の大きさから、喜兵衛が見て取った。

「わかるか」

「そのくらいでしたら」

ぐっと身を乗り出した武士に喜兵衛が応じた。

「どうじゃ、目利きをしてみぬか」

武士が喜兵衛へ勧めた。

「いえ、ご遠慮いたしまする。主の留守に奉公人が勝手なまねをいたすわけにはまいりませんので」

喜兵衛が断った。

「滅多に見られるものではないぞ。大名道具じゃ」

「なればこそ、目利き違いをするようでは、淡海屋の暖簾に傷が付きまする」

迫ってくる武士に、喜兵衛が首を横に振った。

「二度と目にすることは能《あた》わぬぞ」

「結構でございまする。道具との出会いは、一期一会《いちごいちえ》。会えればよし、会えないのもまたよしでございまする」

喜兵衛が凜《りん》とした姿勢で拒んだ。

「たかが大番頭ていどが、客の好意を無にするとは無礼千万である」

武士が錦糸袋を喜兵衛に無理矢理渡そうとした。

「あっ」

手を握られた喜兵衛が、逃れようと身体をひねった。

「…………」

とたんに武士が錦糸袋を投げるように落とした。

「きさまっ……」

「そんな」

武士が顔色を変え、喜兵衛が呆然《ぼうぜん》とした。

「……なんということをしてくれた」

急いで武士が錦糸袋を拾いあげ、振って見せた。

「割れている」

錦糸袋のなかからものの当たる音が響いた。

二

用意していたかのように武士が懐から袱紗《ふくさ》を取り出すと、そのうえに錦糸袋の中身をぶちまけた。

「……なんということじゃ」

大げさに武士が天を仰いだ。

「これは我が先祖が、織田信長《のぶなが》公の越前《えちぜん》征伐のお供をしたとき、まれなる功績を挙げて拝領したもの」

武士が大声を出した。

「…………」

喜兵衛は蒼白《そうはく》になりながらも、その言葉に少し落ち着きを取り戻した。

拝領品というのは、厳密に記録されるものであった。とくに茶道具は、その来歴がはっきりしないと真贋《しんがん》の判定でかなり不利になる。豊臣秀吉、徳川家康あたりは記録も残っている場合が多く、来歴も証明しやすい。

しかし織田信長となると、かなり難しくなる。一つに当時はまだ乱世が終わっておらず、下賜した茶器はもちろん、それを記した書付なども略奪、破壊、火災などに巻きこまれてしまい、実情が知れなくなったものが多い。もう一つは、茶器に城一つ、国一つの価値を付けたのが織田信長であり、さほどたいしたものでもない茶器まで銘品のごとく見せかけて下賜したのである。

結果、織田信長拝領というのは、かなりはっきりとした来歴のわかるものでなければ、疑ってかかるのが唐物問屋の常識となっている。

「どうしてくれる。弁済いたせ」

興奮した武士が続けた。

「金百、いや二百金はもらわねばならぬ」

武士が要求した。

「おまはん、強請《ゆすり》やな。最初から割れているものを渡し、こっちで封を切らせて扱いが悪いから壊れたと騒ぎ、金を強請るつもりやったんやろ」

　喜兵衛が口調を変えた。

「きさま、拙者を愚弄するか」

　武士が激昂《げきこう》し、刀を抜いた。

　白刃には独特の威がある。まさに空気が凍った。

「黙って金を出せ。それでなかったことにしてやる」

　武士が白刃を喜兵衛に向けた。

「ちょっとよろしいか」

　不意にその場の雰囲気を霧散させる、たおやかな声がした。

「永和さま」

「なんだ、女」

　喜兵衛と武家が揃《そろ》って永和を見た。

「これ、なんですやろ」

　永和が手のひらを開いて、なかを見せた。

「多すぎまへんか」

いつの間にか袱紗包みを手元に引きこんでいた永和が、破片を組み立てていた。

「これ、どこに嵌《は》まりますん」

小首をかしげて永和が尋ねた。

「うっ……」

武士が詰まった。

「こんなおおきな破片と一緒に袋に入れてたら、茶入れに傷つきます」

静かに永和が指摘した。

「どうせ、どこかから破片を持ちこんだのだろう。女といえども許さぬぞ」

「わたくしはここから一歩も動いてまへんけど」

凄《すご》んだ武家に、永和は動じなかった。

「底の浅い」

喜兵衛が鼻先で嗤《わら》った。

「黙って、詫《わ》び金を出せ。五十両で許してやる」

太刀を上下させて武士が命じた。

「強盗ですかいな。なんと芸のない」

喜兵衛があきれた。復興が進むにつれて、牢人《ろうにん》や人足の仕事は減っている。

「一日で三百文だすぞ」

「こっちは四百五十文だ」

少し前まで普請場で働く力仕事の人足は、相場の倍近い金額で募集がかけられていた。

しかし、それもいつまでも続くものではない。高い賃金を目当てに大坂に人が集まり、普請にあるていど目途《めど》が付けば、今度は逆に人が余りだす。

「二百文でいいなら」

「飯付きで百八十文」

人足の賃金はとっくに相場を割っていた。

当たり前だが、そうなると仕事にあぶれる者が出てくる。

もともと、大坂では仕事が有り余っているらしいという噂《うわさ》で、集まってきた連中である。そうなったときのことなど考えているはずもなく、昨今、強請集《ゆすりたか》りの被害が増えていた。

「やかましいわ。さっさと金を……」

頭に血が上った武士が、脅しのつもりで太刀を振りまわした。

「きゃっ」

さすがの永和も悲鳴をあげ、

「危ない」

喜兵衛も身体を低くして、避《よ》けようとした。

「……筋がなってないの」

あらたに店へ入ってきた武士が、あきれた声をかけた。

「なんだと」

刀を振り回している武士が、思わずそちらへ注意を向けた。

「刃筋が合わねば、刀は斬れぬ」

すっと後から来た武士が間合いを縮め、相手の刀を奪い取った。

「えっ……」

手の内からなくなった刀に、武士が呆然となった。

「人を斬る技もなし、肚《はら》もなし。情けなきよな」

後から来た武士が大きく嘆息した。

「なんだ、おまえは」

「柳生十兵衛と申す。この淡海屋とはいささか縁がある」

誰何《すいか》する武士に十兵衛三厳が名乗りをあげた。

「十兵衛……柳生さまの」

「えっ」

喜兵衛が絶句し、永和が驚きで目を大きくした。

「柳生十兵衛がどうしたというのだ」

将軍家剣術指南役の家柄とはいえ、その歴史は浅い。嫡男の名前までは天下に知られていない。いや、柳生という家のことなど、聞いたことがない者のほうが多い。

「どうもせぬ。ただ、おぬしでは拙者に勝てぬというだけよ」

「なにをっ」

さらに武士が怒りを濃くした。

「無手では戦えまい。返すぞ、ほれ」

「うわっ」

無造作に取りあげた刀を投げた十兵衛三厳に、刺されそうになった武士が跳びあがった。

「手に取れ」

「……ふざけおって」

武士が刀を手にして、十兵衛三厳に斬りかかった。

「…………」

それを十兵衛三厳は懐から出した手ぬぐいで受け止め、そのまま搦《から》めるようにした。

「な、は、放せっ……」

動きを止められた武士が刀を引いたり押したりして抵抗したが、十兵衛三厳はうまくそれに合わせて完全に制御した。

「ほれ」

十兵衛三厳が搦め捕っている刀を押した。

「……くっ」

押されまいと武士が返してくる。

「それ」

その瞬間、十兵衛三厳が手ぬぐいを引いた。

「あわあわわ」

押したところを引かれて武士が体勢を崩した。

「愚かな」

引っ張られた勢いにつられて近づいてきた武士をかわし、後ろに回った十兵衛三厳がその背中を蹴り飛ばした。

「ぎゃっ」

武士が潰されたような声を出した。

「腰が据わっていないから、このていどで身体が揺らぐのだ」

十兵衛三厳が転がった武士の背中を踏みつけた。

「ぐえっ」

「両刀を差しているから侍だと思っていたが、蛙《かえる》だったか」

笑いながら十兵衛三厳がより力を加えた。

「た、助けて」

武士が泣くようにして懇願した。

「何しにこの店に来た」

「家宝を売りに……。ぐうう」

返事を聞いた十兵衛三厳が、三度踏みつけた。

「偽りを申すとは余裕があるな。もう少し力を入れても大丈夫だろう」

「ま、待ってくれ。店を脅して金を取りあげようとしたのだ」

武士が白状した。

「こいつはおもしろい。大和柳生一万石由縁《ゆえん》の店で脅しをするか」

「一万石……大名」

にやりと笑った十兵衛三厳に、武士が顔色をなくした。

「柳生さま」

そこに永和が口を挟んだ。

「どういたした」

「あの、これではどう頑張っても脅しの材料になりませぬ」

「……なぜかの」

「簡単なことでございまする。この破片を全部集めても茶入れにはなりませぬ。このまま町奉行所へ持ちこんでも、当家に一切の咎《とが》めはありませぬ」

永和が説明した。

「ということは」

「刀で脅せば、どうにかなると考えていた」

結論を求めた十兵衛三厳に永和が答えた。

「馬鹿馬鹿しい」

十兵衛三厳が苦笑した。

「もうよい。出ていけ。二度と淡海屋に近づくなよ」

足を放して十兵衛三厳が手を振った。

「…………」

さすがに捨て台詞《ぜりふ》を言うわけにはいかなかったのだろう。武士が黙って逃げていった。

「ようこそおいでくださいました。当家の大番頭喜兵衛にございまする」

喜兵衛が十兵衛三厳の前に手を突いた。

「柳生十兵衛である。不意の来訪を許せ」

十兵衛三厳が応じた。

「そなたは」

「信濃屋幸衛門の娘永和でございまする」

十兵衛三厳に訊かれた永和が三つ指を突いた。

「そなたが、一夜の許嫁《いいなずけ》か」

「うれしいことを仰せくださいまする。ですがまだ正式に約をかわしてはおりませぬ」

目を少し大きくした十兵衛三厳に、永和がほほえんだ。

「とにかく、ここではお話もできませぬ。どうぞ、奥へ」

「主どのは留守なのだろう」

「まもなく戻るかと」

喜兵衛が十兵衛三厳の確認に答えた。

「永和はん」

「はい。お茶を用意いたしますほどに」

永和が先に立った。

「馳走《ちそう》になろう。弟の妻になるかも知れぬ女人と話もしてみたいしの」

十兵衛三厳が店にあがった。

「……どうぞ」

永和が薄茶を十兵衛三厳の前へ置いた。

「ちょうだいする」

十兵衛三厳が作法通りに茶を喫した。

「……馳走であった」

「お粗末でございまする」

茶碗を空にした十兵衛三厳に永和が一礼した。

「お気づきでございましょう」

「ああ」

笑いながら問うた永和に、十兵衛三厳がうなずいた。

「大番頭さんが、どうしても柳生さまを奥へ行かせたかった理由」

「あのまま店先で待っていれば、戻ってきた淡海屋といきなり出会うことになる。一夜を取りあげた柳生を、淡海屋は快く思っておらぬであろうからな。どのように険悪な状態になるかわからぬ」

永和に尋ねられた十兵衛三厳が述べた。

「大番頭さんは柳生さまに無礼がないよう、打ち合わせをなさりたかったのでございまする」

「主をなだめたいのが本音だろう」

十兵衛三厳が苦笑を浮かべた。

「…………」

答えずに永和がほほえんだ。

「よいな、そなた」

十兵衛三厳が永和を褒めた。

「拙者を前に臆することがない」

「なぜ、臆さねばなりませぬ」

永和が首をかしげた。

「ご無体をなさるお方とは思えませぬ」

「人を見る目を持つか」

にこやかな永和に十兵衛三厳が感心した。

三

淡海屋七右衛門は商いがうまくいったことで、気分良く店に戻ってきた。

「帰ったよ」

「お帰りなさいませ、旦那さま」

待ち構えていた喜兵衛が、飛びつくようにして出迎えた。

「なにがあった」

すぐに淡海屋七右衛門が、喜兵衛の異変に気づいた。

「や、柳生の十兵衛さまがお見えで」

「柳生十兵衛が来ただと」

淡海屋七右衛門の表情が変わった。

「なにしに来た」

「わかりませぬ。ちょうど……」

強請の武士が来たことも含め、喜兵衛が話した。

「むうう」

「今は永和はんが、相手をしてくれてはります」

うなった淡海屋七右衛門に、喜兵衛が告げた。

「永和はんがか。それは放っておけんな」

淡海屋七右衛門が肚を据えた。

「奥やな」

客間だなと確認して、淡海屋七右衛門が十兵衛三厳との対面に向かった。

「御免を」

客間前の廊下に膝を突いて、淡海屋七右衛門が座敷のなかへ声をかけた。

「淡海屋さまがお帰りになられました。お通ししても」

永和が十兵衛三厳の許しを請うた。主人に会いたいと訪れた客でも、武士の場合は許可を得るようにしないと問題となることもあった。

「うむ」

十兵衛三厳がうなずいた。

「……どうぞ」

すっと永和が膝で動き、襖《ふすま》を開けた。

「留守をしておりましたことを、お詫びいたしまする。当家の主淡海屋七右衛門にございまする」

廊下で淡海屋七右衛門が頭を下げた。

「柳生但馬守が嫡子、十兵衛である。不意の来訪を詫びよう。思い立ったら我慢のできない質《たち》でな。大番頭どのと永和どのにも迷惑をかけた」

十兵衛三厳も軽くだが頭を傾けた。

「畏れ入りまする」

淡海屋七右衛門が、十兵衛三厳の腰の低さへの驚きを隠して応じた。

「ご無礼を」

もう一度頭を下げて、淡海屋七右衛門が客間へ入った。

「お茶を淹《い》れ替えましょう」

永和が十兵衛三厳の前から茶碗を取り、部屋から出ていった。

「よくできた女性《にょしょう》だな」

「はい。助かっておりまする」

称賛する十兵衛三厳に淡海屋七右衛門が同意した。

「さて、淡海屋どの」

「…………」

あらたまった十兵衛三厳に、淡海屋七右衛門が目つきを鋭いものにした。

「一夜のことだ。一夜は柳生ごときに縛り付けてよい器量ではない」

「…………」

十兵衛三厳の言葉に、より一層淡海屋七右衛門が警戒を強めた。

「ただ、今の柳生には一夜が要る。一夜がいなければ、柳生は数年で財を失う。五年でいい、一夜を柳生に貸してくれ」

「勝手なことを仰せになられる。一夜は今年で二十二歳、商売人として大きな経験を積む頃合い。その貴重な五年をよこせと」

淡海屋七右衛門が低い声を出した。

「わかっている。わかってはいるが、柳生のためだ」

「知りまへんな。柳生なんぞ」

十兵衛三厳の願いを淡海屋七右衛門が一蹴《いっしゅう》した。

「それにわたくしはどうなるので」

「淡海屋どのが……」

言われた十兵衛三厳が怪訝《けげん》な顔をした。

「わたくしはもう六十三でございますよ。もういつあの世へ招かれてもおかしくはありませぬ。一人娘に先立たれたわたくしの楽しみは、孫の一夜の成長。そして唯一の望みが、この淡海屋を一夜に譲ること。もし、その五年の間に寿命が来たときはどうしてくださるおつもりか」

淡海屋七右衛門が厳しい口調で、十兵衛三厳に迫った。

「それは……」

十兵衛三厳が詰まった。

「一夜の貴重な五年、わたくしの望みの五年、柳生さまはどのようにまどうて、ああお分かりになりませんか、償ってくださいますのでございましょう」

「償えぬ」

小さく十兵衛三厳が首を横に振った。

「なら、なかった話でございますな」

淡海屋七右衛門が話は終わりだと告げた。

「柳生は譜代大名で、将軍家剣術指南役だ。その柳生にどうやって手向かう」

「簡単なことでございますよ」

すまなそうだった表情を険しいものに変えた十兵衛三厳に、淡海屋七右衛門が嗤って見せた。

「ああ、手立ては申しませんよ。仕掛けた罠《わな》を教える猟師はおりませんでしょう」

「それはたしかにそうだな」

十兵衛三厳が納得した。

「一夜と淡海屋どのの境遇には同情するが、吾《われ》も柳生の跡継ぎじゃ。抗《あらが》うことになるな」

「いたしかたございませぬ」

淡海屋七右衛門がしっかりと背筋を伸ばした。

「……はっ」

十兵衛三厳が横に置いていた太刀を摑《つか》むと、いきなり抜き放った。

「お見事でございますな」

喉《のど》にまっすぐ向けられた切っ先にも動揺せず、淡海屋七右衛門が十兵衛三厳の技を讃《たた》えた。

「動じぬの」

「斬られないとわかっていれば、どうということもございませぬ」

驚く十兵衛三厳に、淡海屋七右衛門が淡々と応じた。

「なぜ斬らぬと」

「簡単なこと。わたくしを害すれば、一夜は柳生の敵になりまする。本気になった一夜を相手に柳生は保《も》ちますか」

「今なら、まだ一夜が江戸に足がかりを作っていない今なら……」

「一夜から千両を無心する手紙が届きました」

「千両……」

その金額の多さに十兵衛三厳が驚愕《きょうがく》した。

「送り先は駿河屋。江戸で一番と言われる材木と炭、竹の問屋」

「……もう、千両の金を預けられる相手を見つけたと言うのか」

十兵衛三厳が震えた。

「もう一度問いましょう。一夜に柳生は勝てますかな」

「……勝てまいな」

淡海屋七右衛門の問いに、十兵衛三厳は首を横に振った。

「お茶を」

なかの様子を見ていたように、二人の遣り取り《やと》が一瞬区切られたところで永和が茶を持ちこんだ。

「どうぞ」

「いただこう」

「おおきにな、永和はん」

永和から茶碗を受け取った十兵衛三厳と淡海屋七右衛門が、茶を口に含んだ。

「薄めがありがたい」

「しゃべり疲れたところにちょうどよろし」

二人がほっと安堵した。

「……さて、淡海屋どの」

茶を飲み終えた十兵衛三厳が姿勢を正した。

「まだなにか」

淡海屋七右衛門も茶碗を置いた。

「一夜に勝てぬとわかった今、あらたな提案をしたい」

「お伺いいたしましょう。呑みこむかどうかは別ですが」

聞くだけは聞いてやると、淡海屋七右衛門が十兵衛三厳を促した。

「一夜を五年貸してくれと言うたのを六年にしたい」

「寝ぼけておられるようですな」

十兵衛三厳の話を淡海屋七右衛門が鼻で嗤った。

「一夜なら、柳生の内政を整えるにどのくらい要りましょうや」

口調をていねいなものに変えて、十兵衛三厳が尋ねた。

「そうですな。一夜が好きに動けるという状況なら、まず二年。二年あれば一夜は柳生さまの実入りを四割増やしましょう」

応じて淡海屋七右衛門も敬称を付けた。

「四割……四千石」

十兵衛三厳が唖然《あぜん》とした。

「ただし、これはお身内で邪魔が出ないという条件のもと」

「身内以外の邪魔は……」

「そんなもの、商いでは基本も基本。かならず足を引っ張ろうとする者、後ろから突き飛ばそうとする者、こちらに便乗しておいしいところだけ持っていこうとする者は出てきまする。それをあしらうことができて、初めて一人前の商人《あきんど》。明日淡海屋を譲っても問題ないようにしつけてあります」

「なるほど」

自慢する淡海屋七右衛門に十兵衛三厳が納得した。

「もし、もしの話だが、柳生が四割の増収で足りなくなったとしたら」

「それは一夜の仕事ではございませんな。四割も増えて足りぬというならば、当主が馬鹿か、家臣に黒鼠《くろねずみ》がいてるかのどちらか。一夜が手を出すところやおまへんわ」

黒鼠とは商家の隠語で横領や店の品物を盗むなど、碌《ろく》でもないまねをする奉公人のことである。

「たしかにそうだな」

　十兵衛三厳が同意した。

「すべては父の器量か」

「一夜を遣うにはそれだけの器量が要ります。すべて任した。有象無象はこちらで片付ける。好きにやれ。そう言って一夜に預ければ、柳生さまの実入りは年々増えましょうが、無理でしょうな」

　淡海屋七右衛門の瞳に蔑《さげす》みの光りが宿った。

「なにも言えぬわ」

　女から迫られたとはいえ子を産ませておいて二十余年もの間知らぬ顔をし続け、要りようになった途端権力で召し出すようなまねをした。

　さすがの十兵衛三厳も援護のしようがなかった。

「拙者が江戸へ行く。一夜を守るためにな。内患も排除する。その代わり二年くれ」

「六年と言われましたが」

　差異があると淡海屋七右衛門が首をかしげた。

「二年で柳生の基礎を作ってもらっても、かならずそれ以上の出費はある。江戸は諸色が高すぎる。そうなったとき、柳生のことを手助けして欲しい」

「ということは」

「二年でかならず一夜は返す」

淡海屋七右衛門に確認を求められた十兵衛三厳が宣《せん》した。

四

一夜は、駿河屋総衛門の屋敷に滞在させてもらうことに成功した。

「いつまでもいてくださって結構でございますよ。なんならお住まいにしていただいても」

「それは怖いな。商人の好意にはかならず裏があるさかい」

「少し商いの手伝いをしていただけたら、ありがたいですな」

「商いか、ええなあ。最近、商いしてへん」

一夜がしみじみと言った。

「商いがなさりたいですか」

「したいなあ。それも互いが利を求め合って、ぎりぎりを探るようなやつを」

駿河屋総衛門の問いに、一夜が目を輝かせた。

「では、どうでしょう。宿賃代わりにこの商売をお願いできませぬか」

「どんな商売や」

「あらたに下総から炭の売りこみがございまして。その遣り取りに相手方がまもなくやって参りまする」

訊いた一夜に駿河屋総衛門が述べた。

「炭か。どれくらいを想定してはる」

一夜が買値を尋ねた。

「すべてをご自在に」

「……ええんか」

「はい」

思わず確認した一夜に、駿河屋総衛門が首肯した。

「おもしろそうやな。させてもらうわ。悪いけど、着替え貸してくれへんか」

「よろしゅうございますとも。あと髪結いを呼びましょう」

髷《まげ》は武家と町人で違う。今の一夜は武家髷であった。

「助かりますわ」

一夜がうなずいた。

さすがは大店の駿河屋である。出入りの髪結いを何人も抱えており、すぐに駆けつけてきた。

「……どないでっしゃろ」

衣服を替え、髷も整えた一夜が、駿河屋総衛門の前で両袖《りょうそで》を引っ張って見せた。

「どこから見ても、若い商人でございますよ」

駿河屋総衛門が微笑《ほほえ》んだ。

「旦那さま」

「お見えかい」

そうこうしていると、番頭が下総の薪炭問屋の来訪を告げた。

「中の客間にお通ししておくれ」

「はい」

駿河屋総衛門の指図に番頭が応じた。

「中……」

一夜が駿河屋総衛門を見た。

大店ともなると客間はいくつもあった。駿河屋の場合、お得意先や上客、大名や高《こう》禄《ろく》の旗本を案内する上の客間、一度限りの客、約束なしに来た客や、さほどの商いではない相手などを通す下の客間、そして、そのどちらとも決められない客の相手をする中の客間となっていた。

「こら責任重大や」

黙って見つめている駿河屋総衛門に、一夜は笑った。

「では、参りましょうか」

「はい、旦那さま」

促した駿河屋総衛門に、一夜が奉公人らしい態度を取った。

中の客間というのは、店から少し奥に入っているため、話が外へ漏れにくい。

「お待たせをいたしました。当家の主駿河屋総衛門でございまする。これはお客さまのお相手を務める番頭の一夜」

「一夜と申しまする。本日はようこそお見えくださいました」

駿河屋総衛門の紹介に一夜が続いた。

「こちらこそ、本日はお忙しいところお手間を取らせまして申しわけもございませぬ。下総佐倉《さくら》にて炭を商っております大谷屋金助《おおたにやきんすけ》と申しまする。以後、よろしくお願いします」

「お名前、承りましてございまする」

大谷屋金助と名乗った中年の商人に、駿河屋総衛門がもう一度頭を下げた。

「では、早速でございますが、商いのお話を。一夜」

「はい。大谷屋さま、ここからは主に代わりましてお話を承りまする」

駿河屋総衛門の言葉に従って、一夜が膝を拳一つぶん進めた。

「失礼ながら、ずいぶんとお若いようで」

大谷屋金助が一夜をいぶかしそうな目で見た。

「今年で二十二歳になりまして」

「二十二歳っ」

平然と言った一夜に大谷屋金助が驚いた。

「駿河屋さまで二十二歳で番頭になられるとは……」

「娘婿候補の一人でもございまする」

目を向けた大谷屋金助に、駿河屋総衛門が要らない一言を付け加えた。

「駿河屋さまの……婿」

大谷屋金助の目つきが変わった。

「さて、後は任せたよ。大谷屋さま、わたくしはこれで」

そう言うと、駿河屋総衛門が中の客間を出ていった。

「一夜さんと言われましたな」

「はい」

「これからも親しいお付き合いをお願いしたいと」

「ありがとうございまする。なればこそ、商いのお話をいたしませぬと」

「たしかに」

一夜に言われて、大谷屋金助が同意した。

「まずはお品ものを拝見いたしまする」

「どうぞ」

大谷屋金助が一夜の目の前に見本の炭を出した。

「失礼いたしまする」

一夜が炭を手に取って、目をこらした。

「ふむ、ほう、これは」

炭を調べた一夜がうなずいた。

「これをおいくらでお譲りいただけましょう」

「一俵銀二匁《もんめ》八分でお願いいたしたく」

一夜に訊かれた大谷屋金助が値を口にした。

「銀二匁八分ですか」

一夜が悩んだ。

銀は六十四匁で一両に値するというのが、普通である。一両は四千文くらいなので、銀二匁八分はおよそ百八十五文になった。

「運び賃はどちら持ちに」

「駿河屋さんでお願いいたしまする」

一夜の確認に大谷屋金助が答えた。

下総から江戸までとなると荷車での輸送になる。荷車一台に九俵が精一杯であり、あまり大量の輸送は難しい。船を使えばもっと大量に運べるが、船を用意するとなるとかなりの金額になる。なにより乾いてなければならない炭を海風や川風に晒《さら》すことになり、しばらく水気抜きのため、寝かせておかなければならなくなる。

「運び賃が一俵につき七十文として、仕入れ値は合わせて二百五十五文。ちょっと高くつきすぎですな」

「こちらの儲けを乗せさせてもらいますと一俵三百文はいただかないといけません」

「さようですか」

「江戸では薪炭の値が上がっていると聞いております」

そのあたりはしっかり調べてあると、大谷屋金助が一夜に応じた。

「あがってますが、さすがに三百は」

一夜が首を横に振った。

「今後ますます炭の値はあがりましょう」

「あがりましょうなあ。一俵三匁をこえることも考えには入れておきませんと」

大谷屋金助の意見に一夜がうなずいた。

「ならば十分に利は出ましょう」

「大谷屋さま。この炭ですが、当家で購《あがな》うといたしましたとき、一カ月でどのくらい納品いただけましょう」

「さようでございますな。百俵はお納めできるかと」

「…………」

訊いた一夜が思案に入った。

「一夜さんと言われましたな」

考えている一夜に大谷屋金助が声をかけた。

「こちらのお嬢さまの婿になられるとか」

「まだ決まったわけではございません。ただ、主から働き次第でと言われただけで。わたくしのような若輩は、とてもとても」

一夜が手を振って見せた。

「百俵では利が出ませんか」

「当家の取り扱う量としては、いささか足りませぬ」

大谷屋金助の質問に、一夜が首を左右に振った。

駿河屋は小売りもやっているが、その商いは出入りと言われる幕府、大名、高禄旗本、豪商へのものがほとんどである。

柳生くらいの小大名ならば一度に納品するのは十俵そこらだが、それが御三家ともなると百俵単位にふくれあがる。

とはいえ、駿河屋もすべての要求に応えられるだけの在庫は抱えていない。

「炭を百と薪《まき》を八十頼む」

注文を受けてから取引先に頼んで商品を出してもらい、それを納品する。下総佐倉だと往復で五日もあれば、手元に炭が百俵届く。もちろん、炭や薪の要望が出るのは毎年、決まった時期なので、それに合わせて品物は送られてくる。たかが百俵くらい駿河屋にとって大きなものではない。

「手当として考えるか」

万が一の急な納品にできるかと、一夜が呟《つぶや》いた。

「いただきましょう。ただし、決まった数の納品ではなく、こちらからお願いしたときに納めていただくという形でございますが」

「それは、ちょっとご都合が良すぎませんか」

大谷屋金助が嫌がった。

「半年に三百でお願いしたい」

「一年で六百俵を二匁八分。それはちいと高すぎますすな。決まった納品でしたら、相模《さがみ》や伊豆《いず》から運ばれてくるもののほうが、かなり安い」

一夜がそれは呑めないと拒んだ。

「江戸に近いですし、ものも確かだと自負しておりまする」

「たしかに上品とまではいきませんが、中品でございますすな。ですが、半年ごとの納品となりましたら、伊豆の炭には及びませぬ。それでいて伊豆のほうがいささか安い。大谷屋さんの炭をその値で契約したとなれば、伊豆との取引も考えなければなりません。急ぎの納品なれば、多少の高値でも周囲は納得してくれます」

大谷屋金助の抵抗を一夜は認めなかった。

「駿河屋さまが江戸一だと伺ったので、お話を持って参りました。ですが、他にもお買い求めいただくところはございまする」

相手は駿河屋以外にもいると大谷屋金助が口にした。

「その場合は、ご縁がなかったということになりますすな」

一夜が平然と応じた。

「よろしいのでございますか。取引を失敗したとなれば、婿入りの話に傷が付きましように」

「気にしません。婿になるのがわたくしの役目ではないので。わたくしの仕事はお店に利益をもたらすことでございますよって」

脅しに一夜が素を見せた。

「わたくしが駿河屋さまに、あなたの悪口をお聞かせしますよ」

「お好きにしなはれ。駿河屋はんは、そんなことで惑わされるお方やおへん」

さらに脅しを重ねてきた大谷屋金助に、一夜が本性を出した。

「ごめんを。どうなりましたかな」

見計らっていたように、駿河屋総衛門が中の客間へ顔を出した。

「駿河屋さま、この奉公人はなんですか。無礼な物言い、当方の品物への謂《いわ》れのない誹謗《ひぼう》中傷。とてもまともとは思えませぬ」

「さようでございますか。それは残念でございます」

「ふん」

大谷屋金助が勝ち誇った顔をした。

「お帰りを」

「えっ」

手を振られた大谷屋金助が唖然とした。

「この駿河屋総衛門、人を見る目は持っているつもりです。この一夜が無礼を働くはずはない。そうしたのなら、あなたがそのていどのお方だということ」

「な、なっ」

大谷屋金助が目を剝《む》いた。

「お帰りだよ」

駿河屋総衛門が、店の者へ聞こえるように声を張りあげた。

五

捨て台詞を残して出ていった大谷屋金助を放置して、駿河屋総衛門は一夜と対峙《たいじ》していた。

「どういう内容でございました」

「……この条件でこうしてくれと言うさかい、断りましてん」

「たしかに強欲ですな」

「なにより、あの値段を受け入れるのはあかんと思うたんや」

一夜が本音を口にした。

「これからも江戸はもの不足や。だからといって、生きていくのに絶対要るもんを簡単に値上げするのはようない。店が損するのは論外やけど、できるだけ値上げを抑えなあかん。とくに江戸一と名高い駿河屋はんが安易な値上げをしたら、他の店も名分ができたと喜んで追随しよる。そうなったらもう歯止めはきかへん」

首を横に振りながら一夜が続けた。

「駿河屋はんが値上げをせんと耐えてくれはったら、他の店もそうそう値上げはでけへん。まあ、する店もでるやろうけど、そんな店はいずれ客から見放される。いつまでもものの値段はあがらへん。どっかで頭を打ち、その後は下降するのが常。江戸でものが高《たこ》う売れるとなればあちこちから品物が集まって、需要と供給が逆転する。そのとき、目先の欲にかられた阿呆《あほう》は、客から尻を向けられることになる」

「そして、客を大事にした店は、名声を手に入れる」

駿河屋総衛門が一夜の後を受けた。

「もう駿河屋はんは、十分に名前を天下に広めてはりますけどなあ」

「名前は知られていても、名声とは限りませんよ」

嘆息した一夜に駿河屋総衛門が苦笑した。

「なら、余計要りますわな」

「要りまする。駿河屋は皆のことを考えて、損を覚悟で薪炭を売ったお陰で冬を越せたという評判は、百両や二百両、いいえ、千両でも買えません」

駿河屋総衛門がうなずいた。

「大店ほど妬みを受けやすいですよってなあ。薪炭の売り惜しみなんぞして、打ち壊し騒動に巻きこまれたら、目も当てられへん」

「まさに」

二人が顔を見合わせた。

「いやあ、怒られんですんだわ」

一夜が大きく伸びをした。

「こちらこそ、いいご判断をいただきました」

駿河屋総衛門が笑った。

「しゃあけど、今までの取引先に炭の買い取り値はあげられへんと言うとかんとあかんのとちがいますか」

肚に据えかねるといった顔で出ていった大谷屋金助が、どこでどのようなことを言うかわからない。

一夜が警戒しておくべきではないかと、駿河屋総衛門に問うた。

「大事ございませぬ。当家への納品を遅らせたり、拒んだり、質を落としたりすれば、どうなるかは、皆さんよくご存じですので」

駿河屋総衛門の笑いが濃くなった。

「やっぱりなあ」

一夜が小さく身を震わせた。

堀田加賀守のもとに一夜が訪れたことを、松平伊豆守は子飼いの忍《しのび》から聞かされた。

「柳生の庶子が、加賀守の屋敷に……なにをしにだ」

「そこまでは」

忍が首を横に振った。

松平伊豆守、堀田加賀守、阿部豊後守の三人は、幼なじみである。さらに三人とも三代将軍家光の寵愛《ちょうあい》を受けている。皆、千石に満たない家柄の出ながら、そろって大名となり老中に出世した。

三人の素質が優れていたというのもあるが、望外の立身はやはり家光の引き立てによる。とはいえ、その寵愛には大きな差があった。

松平伊豆守と阿部豊後守の差は小さい。せいぜい家光の御成《おなり》が一回か二回かといったていどで、まさにどんぐりの背比べである。

しかし、堀田加賀守の寵愛は群を抜いていた。さすがにもう元服もすませているため、閨《ねや》御用はなくなっているが、将軍の寵臣《ちょうしん》だけに与えられる御成という恩恵が松平伊豆守らの比ではなかった。

堀田加賀守が家光の御成を受けた回数は、十回どころか二十回を超えている。

御成はたしかに名誉なことである。家臣の屋敷で食事をし、場合によっては泊まっていくのだ。毒味も江戸城内ほど厳密ではないし、二代将軍秀忠の宇都宮《うつのみや》城釣り天井事件ではないが、寝ているところを下から槍《やり》で突く、あるいは火を放って焼き殺すなどの危険はある。

それをわかっていての御成なのだ。一度でも子々孫々までの名誉になった。

その御成が二十回以上。

ここからもわかるように、家光の堀田加賀守への寵愛は格別であった。

「いたしかたなし」

結局は、家光の好みの問題になる。気に入った相手を贔屓《ひいき》するのは、男も女も同じなのだ。こう考えて諦めれば、松平伊豆守も安楽でいられる。だが、それですむようならば、老中などやっていられなかった。

「このようにいたしたく」

松平伊豆守が家光へ新しい施策を持ちこんでも、

「加賀守に任せる」

堀田加賀守の了承を取れと返されてしまう。

「よろしかろう」

結果、その施策は認められても、決済の花押は堀田加賀守のものになる。

松平伊豆守にしてみれば、たまったものではなかった。

「なんとかして、上様のお役に立ちたい」

松平伊豆守は、家光に大恩を感じている。

もともと大河内《おおこうち》という少禄《しょうろく》の旗本の息子であったのを、一門の松平家が家光の男色相手とすべく、伊豆守を養子にして江戸城へあげた。まさに狙い通り、松平伊豆守は家光の寵愛を受け、禄高を増やしていった。

そう、松平伊豆守は生《い》け贄《にえ》だったのだ。

そんな己を愛《め》で、引きあげてくれた家光を松平伊豆守は慕った。

「なんとしてでもお役に立ちたい」

閨御用がなくなったころから、その思いは一層強くなっていった。

だが、松平伊豆守はいつも堀田加賀守の後塵《こうじん》を拝し続けた。

「おのれ、加賀守」

やがて悔しさは、妬みに変わる。

松平伊豆守は堀田加賀守を失脚させるべく、動き始めた。

その一つが、雇い入れた忍を使って、堀田加賀守を見張らせることであった。

「商家の息子だと聞いている」

将軍家剣術指南役は重要な役目ではないが、家光に近い。もし、柳生但馬守が謀反《むほん》を起こせば、家光の命はなくなる。

当然、家光大事の松平伊豆守は柳生のことを徹底して調べ尽くした。そのなかに柳生但馬守が上方で女に産ませた子供がいるという情報もあった。

とはいえ、いかに調べるとはいえ、柳生但馬守が一度も会っておらず、商家の跡取りとして生活している一夜をそれ以上調べるだけの意味はなく、一度配下を大坂まで出向させただけで、その後の調査は打ち切っている。

その無警戒だった一夜が、いつのまにか柳生家の勘定頭として江戸へ出てきて、ついに堀田加賀守と面談した。

「なにを話したのか」

松平伊豆守が気になるのも当然であった。

「柳生と加賀守の繋《つな》がりができたと考えるのは早計……」

当主である柳生但馬守はもちろん、書院番として出務する主膳宗冬でも堀田加賀守と会うのは難しい。なにより、隠すことができない。どうしても目立つのだ。

その点、一夜の顔はほとんど知られていない。松平伊豆守の忍は大坂で見た一夜の顔を覚えていた。忍は顔の印象を全体でとらえるのではなく、骨の位置や耳の形など成長してもさほど変わらないところで把握しているため、すぐに一夜だと気づけたのである。

「………………」

忍は手足、耳目でしかない。自らは報告をするだけで、それを受けてどう判断をするかは雇い主の仕事で、忍が口を出すことはしなかった。

「柳生の庶子は屋敷へ戻ったのか」

「あいにく、わかりませぬ」

「跡を付けなかったのか」

首を横に振った忍に、松平伊豆守が苛立《いらだ》った。

「それが堀田さまのお屋敷を出たときは二人連れになっておりましたうえ、その増えた者が伊賀者のようでございまして、無理に後を追えば気づかれたやも知れませぬ」

忍が言いわけをした。

「柳生の伊賀者か」

松平伊豆守が舌打ちをした。

柳生の庄は伊賀に近い。伊賀者が柳生の家中にいることは松平伊豆守も知っていた。

「…………」

　ふたたび松平伊豆守が思案に入った。

「……久蔵《くぞう》」

「はっ」

「そなた別命あるまで、柳生の庶子に張りつけ」

　畏《かしこ》まった忍に松平伊豆守が命じた。

「堀田さまの監視は」

「しばし外れてよい」

　久蔵と呼ばれた忍からの確認に松平伊豆守がうなずいた。

「はっ」

　平伏した久蔵が、そのまま溶けるようにして部屋の隅へと消えていった。

「堀田加賀守と柳生。手を組むとは思えぬ。柳生には左門がおる。左門のことを加賀守は蛇蝎《だかつ》のように嫌っておるからな」

　一人になった松平伊豆守が呟《つぶや》いた。

「……まさか」

少し間を空けて松平伊豆守が息を呑んだ。

「左門を殺す代わりに、加賀守の庇護《ひご》を求めたか」

柳生但馬守は惣目付《そうめつけ》ではなくなった。それどころか、今度は大名として惣目付に狙われる立場になった。惣目付の狙い、やり方を柳生但馬守は嫌というほど知っている。

「加賀守の配下に但馬守が入ったとあれば……」

松平伊豆守と堀田加賀守の差は少しとはいえ、より開く。

「将軍家剣術指南役は柳生でなくても、小野《おの》がある。但馬守め、息子を捨てて保身に走ったか」

松平伊豆守が拳《こぶし》を握りしめた。

第三章　大名の内

一

柳生左門友矩は、一人郷《さと》の屋敷で太刀を振るっていた。

「木刀では、真剣の勢いを再現できぬ」

おそらく柳生を名乗る剣術遣いのなかで、最高の遣い手である左門友矩は素振りを愛刀でおこなっていた。

「…………」

日が暮れに近くなったところで、左門友矩が素振りを続けながら、口の端を吊《つ》りあげた。

「今しかない」

「ああ」

「五人で一斉にかかれば、いかに剣鬼といえども討ち果たせよう」

柳生の庄に十兵衛三厳が建てた道場、そこから丘を登ったところにある左門友矩の屋敷を五人の剣士が囲んでいた。

「我らが殿の供養じゃ」

「三代将軍となられるべきお方に濡《ぬ》れ衣《ぎぬ》を着せ、自裁に追いこむなど」

「簒奪者《さんだつしゃ》家光の目の前に首を投げつけてくれようぞ」

五人がうなずきあった。

「いつも十兵衛が道場に居座って、この屋敷への道を見張っていた。それがなくなった今こそ好機。我ら駿河大納言《するがだいなごん》家家臣の悲願を果たすときぞ」

一同がすばやくたすき掛けをし、袴《はかま》の股立《ももだ》ちを取った。

「……門が開いている」

左門友矩の屋敷に近づいた一人が足を止めた。

「まだ暮れ六つ（午後六時ごろ）になってはおらぬ」

武家の屋敷門は門限とされる、暮れ六つに閉められることが多い。

「ここには何人いる」

「聞いたかぎりでは雑用係の老爺《ろうや》だけだそうだ」

「さすがは尻振りだの。女など近づけもせぬか」

一人が下卑《げび》た笑いを浮かべた。

「準備はよいな。目釘《めくぎ》は確かめたか、草鞋《わらじ》の締まりは問題ないな」

「おう」

「大事なし」

頭分《かしらぶん》らしい牢人《ろうにん》の言葉に、皆が首肯《しゅこう》した。

「号令を、左右田《そうだ》どの」

牢人の一人が頭分に求めた。

「うむ。我らの忠誠を亡き殿に。参るぞ」

左右田と言われた頭分が、上げた手を振り下ろした。

「…………」

少し離れているとはいえ、道場に聞こえてはまずい。

牢人たちは無言で門を通過して屋敷の敷地へ突入した。

「ようやく来たか」

「なっ」

「左門……」

屋敷の玄関式台に左門友矩が座っていた。

「さっさと来てくれぬと身体《からだ》が冷えるではないか。なにやら御託を並べていたが、今さらのことばかり。まったく無駄じゃ」

「おのれっ」

「殿の無念を無駄だと申すか」

牢人たちが左門友矩へ反論した。

「すでに死んだ主君に忠義を尽くすだと。笑わせてくれる。真実そう思っているならば、追い腹を切ればよかろう。それもせずによく言えたものだ」

左門友矩が嘆息した。

「殿の恨みを晴らすまで、死ねぬ」

左右田が声を張りあげた。

「ならば、晴らせずに死ね」

左門友矩が立ちあがった。

「………」

不意に表門が閉められた。

「閉じこめられたっ」

最後尾の牢人が顔色を変えた。

「なに、外から要らぬ手出しが入らぬようにしただけよ」

にやりと左門友矩が嗤《わら》った。

「老爺かっ」

「あれでももと伊賀者でな。そなたらに気取《けど》られぬくらいはしてのける。ああ、門を開こうとしても無駄だ。外から楔《くさび》を打ちこんだからの。吾《われ》が合図せぬかぎり開くことはない」

気づいた左右田に左門友矩が告げた。

「くっ」

「むうっ」

「勝てばよいのだ」

閉じこめられたことで拡《ひろ》がった仲間の動揺を、左右田が収めた。

「包みこめ」

左右田の指示で、四人の牢人が動き、左門友矩を扇のような形で囲んだ。

「……ふん」

五人をちらと見た左門友矩が鼻を鳴らした。

「どれも初心ではないか」

「なんだとっ」

左門友矩の嘲笑に左右田が反応した。

「柳生道場に一年以上住みこんでいながら、それか。才なしだな。兄者は甘い。吾ならさっさと田舎に帰って田畑でも耕せと三日でたたき出しておるわ」

「驕慢《きようまん》にもほどがあるぞ」

右端の牢人が怒った。

「ならば、稽古を付けてやろう」

そう言うなり、左門友矩が消えた。

「えっ」

「どこに」

牢人たちが驚くなか、右端の牢人が左袈裟《ひだりけさ》に斬られて崩れ落ちた。

「蓑田《みのだ》」

「疾《はや》すぎる」

「見えなかったぞ」

生き残った牢人たちが、蓑田と呼ばれた右端の牢人が居た場所に立っている左門友矩に震えた。

「次は……」

またも左門友矩が走った。

「村部《むらべ》っ」

左右田が左端の牢人に警告を発したが、遅かった。

「…………」

喉を突き抜かれた村部が絶命した。

「集まれっ。ばらけていては個々にやられるだけだ」

左右田が残った二人を呼び寄せた。

「群れたか。雑魚《ざこ》だの」

左門友矩が嘲《あざけ》った。

「誰かの一刀が当たればよい。たとえ二人死のうとも、あやつを討ち果たせば、殿の供養はなる」

怯《おび》えてしまっている二人に左右田が告げた。

「思い出せ、殿のご高恩を」

「そうであった」

「三男でくすぶっていた拙者を召してくださったのは殿であった」

左右田の一言で二人が気迫を取り戻した。

三代将軍が家光と決まり、弟の忠長《ただなが》は駿河一国五十五万石の大名に封じられた。今まで二代将軍秀忠の三男として江戸城で暮らしていた忠長が、一国の主《あるじ》になった。当然、それにふさわしいだけの家臣団が要る。そこで幕府は、忠長の家臣として家を継げない旗本の次男以下を採用した。

本家を継ぐ兄に気を遣って、毎日背を丸めるようにして生きてきた者たちにとって、新たな家を興せるというのはまさに夢であった。

「吾が当主じゃ」

「嫁をもらえる」

新規召し抱えとはいえ、一家の主には違いない。また直臣《じきしん》の家柄から陪臣《ばいしん》に落ちるが、そのようなものでも実家で日陰者生活をしているよりははるかにいい。兄がまだ小遣いをくれるようであれば若さを発散させることもできるが、そうでなければ朝に汚れた褌《ふんどし》を己で洗うことになる。

「殿の御為《おため》に」

忠長に付けられた者の多くが、忠誠を誓ったのも当然であった。

「ご高恩とは笑わせてくれる。ご高恩とは上様より賜《たまわ》るもののことだけを言うのだ」

左門友矩が怒りを見せた。

「謀反人《むほんにん》の分際で」

「黙れっ」

「父と母から嫌われた息子が、上様とは片腹痛いわ」

左右田たちも憤った。

「……来るっ」

左門友矩の背丈が低く落ちたのに気づいた左右田が声をあげた。

「おうっ」

「来いっ」

左右の牢人が緊張した。

「かっ」

小さく気合いを漏らした左門友矩がまっすぐ突っこんだ。

「くうっ」

正面にいた左右田が身構えた。

「あっ」

左の牢人が苦鳴をあげた。

「ぎゃっ」

一拍おいて右の牢人が絶叫した。

「げええ」

左右にいた二人が、だらしなく地に伏した。

「手応えのない。これなら一夜のほうが楽しめた」

「まさかっ」

背後から声をかけられた左右田が、驚愕《きようがく》しながら振り返った。

「そのていどで、よくも上様の盾であり矛である吾を討てると思ったものよ」

「……………」

あわてて左右田が身体を左門友矩に向けた。

「皆、それぞれに剣の遣い手であった……」

四つの物言わぬ同志を左右田が讃《たた》えた。

「剣の遣い手というのは、生き残る者のことを言う」

「死人まで貶《おとし》めるか、おまえは」

左右田の頭に血がのぼった。

「敗者は勝者にもの言う資格を持たぬ」

「くそっ」

上段に構えた左右田が渾身《こんしん》の力をこめた一刀を、左門友矩目がけて振り落とした。

「余分な力が入りすぎで筋が固まっておる。遅い」

左門友矩が片手で太刀を突き出した。

「………」

喉下を貫かれた左右田が、うめき声一つ出せず死んだ。

「殿さま」

静かに屋敷門が開き、老爺が戻ってきた。

「少しは楽しめるかと思ったが、かえって不満が溜《た》まった」

左門友矩が頬をゆがめた。

「風呂を沸かしておりまする。ゆっくりとなされませ」

「後は任せる」

老爺の勧めに左門友矩が従った。

「……すべて一刀で仕留めておられる」

死体を検分した老爺が感心した。

「やはり庄でくすぶっているのはもったいない」

老爺が独りごちた。

二

一度商人の姿に戻ると、その楽さに一夜は武家の装いを捨てた。

「腰が軽い」

両刀がないだけで、身体の重さが違うと一夜が喜んだ。

「若い男が口にすると、変に取られますよ」

一夜の訪問を受けた金屋儀平《ぎへい》がたしなめた。

「腰かあ、最近使うてないなあ」

注意を気にすることなく、一夜が返した。

「上方《かみがた》のお方は、あからさますぎます」

金屋儀平が苦い顔をした。

「いやあ、すんまへんなあ」

さすがに悪いと思った一夜が詫《わ》びた。

「ところで今日はなにをなさりに」

「ちょいと暇があるなら、付きおうて欲しいねん」

金屋儀平の問いに一夜が告げた。

「店は番頭に任せてありますから、暇と言えば暇ですが」

「それは助かるわ」

「で、どこへお供すれば」

ひょこっと少しだけ頭を下げた一夜に、金屋儀平が尋ねた。

「堀田加賀守さまのお屋敷や」

「…………」

あっさりと答えた一夜に、金屋儀平が絶句した。

「老中首座さまの……」

「うん」

確かめた金屋儀平に一夜がうなずいた。

「うんではありません。わたくしはお出入りでもなんでもございません。とても堀田加賀守さまのお屋敷にお邪魔するなど……」

「大丈夫や。ちゃんと加賀守さまと話はでけてるよって」

「へっ」

平然としている一夜に、金屋儀平がみょうな声を出した。

「二日ほど前になあ、堀田加賀守さまに呼ばれてお話をさせてもろうたんや」

「柳生さまのかかわりでしょうか」

「そうやねんけどな。まあ、そこで話がちょっとずれてな。堀田さまの財政のことになったんや」

「どこがどうずれたら、そうなるのか。お伺いしたいですな」

「まあ、殺されそうな気がしたから、必死にわたいのことを売りこんだんやけどな」

ため息を吐《つ》いた金屋儀平に、あっけらかんと一夜が言った。

「……よくわかりました」

あきれた目で金屋儀平が一夜を見た。

「なんか納得いかんけど、まあええわ。でな、さすがに国元まで行かれへんから、江戸屋敷のなかで無駄を省こうと思うてな。そこで金屋はんにご足労をお願いしたという訳やねん」

「なにがどう繋《つな》がって、わたくしが巻きこまれるのか」

もう一度金屋儀平が大きなため息を吐いた。

「鍋釜《なべかま》が傷んだままやったら、煮炊きの手間が増えるやろ。そうなれば薪《まき》の使用量も増える。竈《かまど》が割れてても一緒やし、水壺《みずつぼ》にひびが入っていたら漏れる。みんなちょっとしたことばかりやから、見過ごされがちや」

「たしかにさようでございますな」

一夜の言いぶんを金屋儀平は認めた。

「そこを金屋はんに見てもらいたいねん。もちろん、換えなあかんもんは全部金屋はんで用意してもらいますで」

「よろしいのですかね。堀田さまにも出入りの商人がお出《い》で§ でしょう」

縄張りを荒らすことに金屋儀平が二の足を踏んだ。

「商いは一期一会でっせ。出入りしていながら、なんの助言、いや、新品を売りつけるだけの理由がありながらしようとしない連中なんぞ、どうでもよろし」

一夜が断言した。

「まちがいましたかなあ。わたくしは堅実な商いを旨としていたはずなのですがね。なぜかこの大ばくちに乗ろうとしている」

「商いの根本は誠実と堅実。ですけど、商いを拡げるにはそれだけの度胸も要りまっせ」

苦笑する金屋儀平に一夜が笑った。

老中の執務が終わるのは早い。いつまでも幕政の頂点たる老中が城中に留《とど》まっていれば、役目を終えた下僚たちが気兼ねして下城できないという理由で、昼八つ（午後二時ごろ）には御用部屋を出て、屋敷へ戻る。

家光から格別の寵愛を受けている堀田加賀守の上屋敷は江戸城の曲輪内《くるわうち》にあるため、八つ過ぎには堀田加賀守は屋敷に戻っていた。

もちろん、御用部屋を出たからといって役目を終えたわけではない。いや、屋敷に帰ってからが本番である。

堀田加賀守は江戸城から引き連れてきた表右筆《ゆうひつ》、勘定方、普請方などを相手に執務をしていた。

「……なにやら騒がしいの」

主の執務中である。屋敷は咳払《せきばら》い一つ気にするほど静寂に保たれている。

堀田加賀守が人が言い合う声を耳にした。

「見て参りましょう」

「うむ」

控えていた小姓《こしょう》がすばやく動いた。

「どうであった」

すぐに戻ってきた小姓に堀田加賀守が訊《き》いた。

「お台所で商人と当家の者がなにやら言い争っておりました」

「台所……なにを言い争っていた」

「そこまでは」

原因を問うた堀田加賀守に小姓がうつむいた。

「よい。少し気が削《そ》がれた。休息にしよう。茶を皆のぶん、用意いたせ」

小姓を咎《とが》めず、堀田加賀守が別の用事を言いつけた。

「どれ」

「どちらへ」

腰をあげた堀田加賀守に表右筆が驚いた。

「なに、ちと心当たりがあるのでな。見てこようと思う」

楽しそうに堀田加賀守が答えた。

「心当たり……」

勘定方が怪訝《けげん》な顔をした。貧乏旗本、御家人なら、当主自ら台所に入ることもある。調理人などを雇えないからだ。しかし、十万石をこえる大名は、まちがえても台所に足を踏み入れることはなかった。

その堀田加賀守が騒動の原因を知っている。

勘定方だけでなく、他の者たちも首をかしげた。

「しばし中座する」

興味深そうな連中を残し、堀田加賀守が執務部屋を出ていった。

「おまはん、この魚をいくらで買《こ》うてるか知らんのか」

「儂《わし》は料理人じゃ。魚を買うなどするか。魚や野菜は下役がそろえるものだ」

台所で一夜と料理人が怒鳴りあっていた。

「阿呆《あほ》か。どのような品物かも知らずに、どうやって料理すんねん」

「そのようなもの、魚を見ればすぐわかるわ。善《よ》し悪《あ》しを見極めるのも料理人の力量じゃ」

一夜の言いぶんを料理人が一蹴した。

「ええか。ええ品物というのは、値段と釣り合ってるもののことや。決して一両のものに五両出すことではないわ」

「殿が召し上がるものぞ。五両が十両でもかまわん」

料理人が反論した。

「毒味のぶんは」

「同じものを使うに決まっている」

「おまはんが口にするものも五両がふさわしいねんな」

「むっ」

そう言われた料理人が詰まった。

さすがにそうだとは言えなかった。言えば、料理人は堀田加賀守と同じ価値があると公言したも同然になる。

武士でない料理人が老中と同格、それこそ身分不相応だと首を刎《は》ねられる。

「しかし、毒味は同じものでなければならぬ」

「それはそうや。最初からこれが加賀守はんのもとへ行くとわかっていたら、それに毒を盛るわな。どれが行くかわからんから、毒を盛るなら全部にとなる。だが、それと魚をいくらで買うかは別の話や。一両のものを五両出せば、四両の無駄や。そして台所でも毒味、小姓による毒味、そして加賀守はんのぶん。合わせて三匹、無駄遣いは十二両や」

「十二両……」

料理人の扶持《ふち》は多くても五人扶持くらいである。一人扶持が五俵相当、五人扶持で二十五俵相当になり、およそ年に二十五両ほどを料理人はもらう。その半年分が一回の調理で無駄に遣われているとなれば、それを当然と流すことはできなかった。

「この魚の手配りをしたのは誰や」

「……あいつだ。五十吉《いそきち》来い」

一夜の問いに料理人が、二人の言い合いを見ていたなかの一人を指さした。

「………」

五十吉と呼ばれた男が落ち着きをなくした。

「なにをしている……まさかっ」

料理人の顔色が変わった。

「ひいっ」

睨《にら》まれた五十吉が背を向けた。

「逃がすな」

料理人の指図に、周囲の小者《こもの》が逡巡《しゅんじゅん》した。

「おまえたち……」

その意味を読んだ料理人が真っ赤になった。

「痴《し》れ者どもがっ」

じっと物陰で様子を窺《うかが》っていた堀田加賀守が一喝した。

「殿」

「あわわわ」

料理人が驚き、小者たちが震えあがった。

「加賀守はん」

「あのお方が……」

一夜と金屋儀平が驚きの声をあげた。

「逃げた者は死罪とする」

堀田加賀守の厳しい言葉に、五十吉をはじめとした小者たちが固まった。

「捕らえよ」

「はっ」

さすがに主君を一人で台所へ行かせるわけにはいかないと、付いてきていた近習《きんじゅ》が駆けだした。

「殿、申しわけもございませぬ」

料理人が平伏した。

「そなたが悪いわけではないが、台所を仕切る者としていささか足りぬ」

「ははっ」

堀田加賀守に言われた料理人がより身を小さくした。

「よく参ったの、淡海」

「お約束を果たしに参りました」

声をかけられた一夜がほほえんだ。

「その者は」

堀田加賀守が金屋儀平に目をやった。

「わたくしの知り合いで、荒物を扱っておりますす金屋儀平と申しまする」

「金屋儀平にございまする。お目通りを賜り、恐縮いたしておりまする」

一夜の紹介に、金屋儀平が膝を突いた。

「顔をあげよ。淡海、なぜに荒物商を伴った」

「煮炊きの倹約は……」

堀田加賀守の疑問に、一夜が金屋儀平にしたのと同じ話をした。

「そんなところまで、目を光らせるのか」

「毎日使うところほど、無駄が多いもので」

感心する堀田加賀守に一夜が応じた。

「財政がよくないからと安易にご家中の禄《ろく》を減らしたり、放逐するのは、一番やってはいけませぬ」

「忠誠をなくすからだな」

「ご賢察のとおりでございまする。禄を削られた家中の方々は、やる気を失いまする。やる気がない、ようは集中せずに役目をすると、かならずしくじりまする。そのしくじりを補うためにかかる費《つい》えこそ無駄」

「そのとおりじゃの」

堀田加賀守が納得した。

「で、結局、あの愚か者どもはなにをしでかした」

「加賀守さまのご威光を利用して、出入りの魚屋、八百屋、味噌屋《みそや》、薪炭屋から金を取っていたのでしょう」

まだ白状させてもいない。まずまちがいなくやっているだろうが、一応相手は堀田加賀守の奉公人なのだ。うかつな発言は避けるべきであった。

「誰ぞ、坂下《さかした》をこれへ」

「はっ」

なにごとかと、台所の様子を見に来ていた堀田加賀守の家臣が走っていった。

「坂下さまとは」

一夜が尋ねた。

「用人《ようにん》じゃ。食べるもの、身につけるものなどを仕切っておる」

「お呼びでございましょうか」

堀田加賀守が答えたのに合わせるかのように、老年の藩士が顔を出した。

「参ったか。そこへ直れ」

堀田加賀守が厳しい口調で坂下と呼ばれた用人に命じた。

「なにかございましたので」

怒っている堀田加賀守に坂下がおずおずと前に出た。

「その者どもの面《つら》を見てわからぬのか」

「……台所の下働きども……なにかご無礼でも」

坂下が堀田加賀守の詰問に怪訝な顔をした。

「そなた、台所で使う食材の代金を承知いたしておるだろう」

「……それらは勘定方へ直接回りまするので」

意味がわからないと坂下が困惑しながら述べた。

「そうか」

堀田加賀守が嘆息した。

「そなたの職を解き、閉門を命ずる」

「な、なぜでございまするか。わたくしになにか落ち度でも」

宣告された坂下が、納得いかないと抵抗した。

「落ち度がわからぬようでは、話にならぬ。連れていけ。長屋に見張りを付け、誰であろうとも会わせるな」

あきれた堀田加賀守がより厳しい対応に変えた。

「と、殿」

「立たれよ」

まだすがろうとした坂下を、家臣が連れていった。

「これが言いたかったのだな」

堀田加賀守が冷たい目で一夜を見た。

「大きくなればなるほど、隅へは目が届かなくなる。当然のことでございますよ」

「ふん、当家でさえそうなのだ。さらに大きな御上《おかみ》にはどれだけ隅があることか」

平然と述べた一夜に、堀田加賀守が表情を皮肉げなものへと変えた。

「では、どうやって隅を見る。専任の者でも作るか」

「作らんで……ああ」

いつもの口調が出た一夜があわてた。

「余が許す。普段のとおりでよい」

畏《かしこ》まらなくともよいと堀田加賀守が許可した。

「いやあ、助かりますわ」

「淡海さま」

がらっとくだけた一夜を金屋儀平が後ろから袂《たもと》を引いて、注意した。

「加賀守はんがええと言うてはりますねん。後で無礼者とか言いはりません」

「………………」

まだ金屋儀平が首を横に振った。

「そのようなまねなどせぬわ」

堀田加賀守が不満そうに口を尖《とが》らせた。

「執政《しっせい》の口には責任がおますねん」

一夜が金屋儀平を安心させるように、手を握った。

「天下の政《まつりごと》は、公明正大でなければならず、決してまちがえることが許されぬ」

険しい言いかたで一夜が告げた。

「執政はんが一度口にしたことを違《たが》えたらどうなります」

「天下の信を失いましょう」

一夜の問いに金屋儀平が肚《はら》をくって答えた。

「そうだ。そして信を失うのは、余ではない。上様じゃ」

苦い顔で堀田加賀守が述べた。

政はすべて将軍たる家光の名前で発布される。それにもし瑕疵《かし》があったり、変更が重なれば、誰もが家光のしたことだと思う。

「加賀守はんが、上様のお名前に傷が付くようなまねをなさるはずはない」

一夜が断言した。

「ご無礼をいたしました」

金屋儀平が理解したと頭《こうべ》を垂れた。

「よい。淡海が連れてくるくらいじゃ。そなたもきっと当家のためになってくれよう」

「微力ながら、全身全霊をこめまする」

手を軽く上げた堀田加賀守に、金屋儀平が強く宣《せん》した。

「で、どうすればいい」

堀田加賀守が話を戻した。

「簡単なことで。役人がちゃんとその役目を果たせばよろし」

「…………」

一夜の答えに堀田加賀守が啞然《あぜん》とした。

「綱紀粛正、信賞必罰、一罰百戒。これを徹底しはったらすむこと」

「見せしめか」

堀田加賀守が一夜の真意を見抜いた。

「…………」

黙って一夜が首を縦に振った。

「お役目を与えられておきながら、手を抜く、あるいはお家に損を与える。これはもう禄を与えるに値しまへん」

「なかなかそなたは怖いの」

堀田加賀守が苦笑した。

「今が武家の天下ということは否定しまへん。ただ、あまりに思い上がりすぎているように見えます。上に立つ者は下から何も言われぬように身を律していただかねば」

一夜が淡々と、感情のない声で言った。

三

一夜が屋敷に帰って来なくなっても柳生但馬守は、連れ戻せとも探し出せとも言わなかった。

「……と申しておりました」

素我部一新の報告を受けた後も、柳生但馬守は表だってなにもしなかった。

「殿」

弟子たちが帰り、無人となった道場で一人端座していた柳生但馬守の前に忍《しのび》装束の男が姿を現した。

「左源《さげん》か」

「はっ」

瞑目《めいもく》したまま名前を呼んだ柳生但馬守に、左源と呼ばれた伊賀者が首肯《しゅこう》した。

「どうであるか」

「本日、淡海は昼過ぎから堀田加賀守さまのお屋敷に参りましてございまする」

「またか」

報告に柳生但馬守が眉間《みけん》にしわを寄せた。

柳生但馬守は素我部一新が一夜に近づきすぎたとして解任し、代わりに左源を任じていた。念のため素我部一新と仲のよい伊賀者ではなく、門番の輪番からも外れている左源を選んでいる。

左源はすぐに一夜が駿河屋総衛門のもとに寄宿していることを確認、以降毎日の行動を見張っていた。

「なにをしていたかは……」

「申しわけございませぬ」

左源がわからないと首を左右に振った。

「ただ、本日は商人の姿でございました」

「商人……か」

柳生但馬守が考えに入った。

「同行者には、荒物問屋の金屋儀平を伴っておりました」

「荒物問屋……意味がわからぬ」

左源の報告に柳生但馬守が首をかしげた。

「終わってからは」

「駿河屋へ帰りましてございまする」

訊かれて左源が答えた。

「……駿河屋か。ふむう」

柳生但馬守が右手を顎《あご》に当てた。

「左源、本日よりしばらく駿河屋へ忍び、一夜と駿河屋の主が何を話すかを聞いて参れ」

「承知いたしましてございまする」

左源が引き受けた。


江戸から大坂までは、旅慣れた者でも十日はかかった。大坂城代からの急報でさえ、七日かかる。

その距離を素我部一新の妹佐夜は、五日で駆け抜けた。

別段関所破りをしたわけではない。入り鉄炮《でっぽう》に出女といわれる関所でも、抜け道はある。

女でも男でも芸をなす者は、手形なしでの通行ができた。

そもそも関所が警戒する人質たる大名の妻や娘は、芸事などできるはずもない。また、村祭りなどを転々として、投げ銭を稼ぐ芸人はどこかに定住していないことが多く、手形を取りようがないのだ。

「軽業《かるわざ》でございまする」

「鳥追いでございまする」

芸人は関所番の前で跳んだり跳ねたり、あるいは太鼓を鳴らし、朗々と歌う。

「うむ。よろしい」

つたないと許可は出ないが、相応の腕があれば問題なく通過できる。

佐夜は、女軽業師として宙返りを見せることで、関所を無事にこえていた。

「あれが大坂城か。江戸城には及ばぬが、小田原《おだわら》、名古屋《なごや》を凌駕《りょうが》している」

かなり遠くからでもその威容は見て取れた。佐夜はその規模と見事さに感心した。

豊臣秀吉が築いた天下一の大坂城は、慶長《けいちょう》二十年（一六一五）に焼け落ちた。その後、大坂の統治、西国、南国の大名に対する威圧の意味をこめて、かつての大坂城より大きなものが徳川によって建築された。

二代将軍秀忠の命によって元和《げんな》六年（一六二〇）に始められた普請は、九年の歳月を経て寛永《かんえい》六年（一六二九）に完成した。

「大坂城の南だと言っていたな。淡海屋は」

佐夜が呟《つぶや》いた。

一夜の女中として働いていたとき、佐夜は大坂の話をさりげなく聞き出していた。

「どこだ」

やはり佐夜も十兵衛三厳と同じく、看板を出していない淡海屋を見つけられなかった。

「門付けをするしかなさそうだ」

佐夜はかぶっていた笠《かさ》を目深《まぶか》にしなおすと、一軒の店の前で朗々と歌った。

「お通り」

すぐに小僧が出てきて手を振った。

「…………」

邪魔だと追い払われた佐夜が黙礼して、隣の店へと移った。

「ほい、これを」

二軒目は小銭を佐夜の袂へ落としてくれた。

「かたじけのう」

佐夜が腰を少しかがめて、礼を言った。

「おおう。姐《ねえ》はん、ずいぶんとべっぴんはんやなあ」

ちらと佐夜の顔を覗《のぞ》きこんだ奉公人が驚いた。

「…………」

見られたことを恥じるように佐夜がうつむいた。

「ああ、すまんかった。ほな」

奉公人が詫びて、店へと戻った。

門付けは事情ある者がおこなう日銭稼ぎでもある。豊臣に与《くみ》したため、迫害されている名のある武将、潰された大名に仕えていた家臣の妻や娘など、どちらも身を隠しての世すぎなのだ。ために顔を見られぬように笠をかぶっている。

その笠のなかを覗いた。これは気遣いができていないと同義であった。

「……なかなか見つからぬ」

十軒を数えたところで佐夜が嘆息した。

「上方一の唐物《からもの》問屋だというに。これは大げさに言ったか」

男のなかには女の気を引こうとして、己を大きく見せようとする者がいる。

「いや、それはないな」

佐夜は己が衆に優れた容色であるのを知っている。その佐夜が、何度もあられのない姿で一夜に迫っていた。そんな回りくどいことをしなくても、その場で押し倒せばすむ。

なにせ佐夜は、端《はな》から抵抗する気はない。

くどく手間など要らなかった。

「わたしに一切興味がなかった」

年頃になってから、佐夜には数えきれない縁談があった。伊賀者はもちろん、柳生の家臣、庄の豪農からも来ていた。

「佐夜は、嫁に出すな。余が使いどころを考える」

柳生但馬守が佐夜の美貌を利用すると言い、すべての縁談を止めた。

そして、ついに佐夜の出番が来た。

「一夜を落とし、柳生にくくりつける鎖となれ」

佐夜に命が下った。

「商人の出というのはいささか気に入らぬが、金には困るまい。それになんといっても殿の血を引いている」

佐夜は一夜を落とすため、真面目《まじめ》に取り組んだ。

女は激情でもあるが、打算でもある。

もちろん、佐夜は女忍の特性を利用した色仕掛けを学んでいる。その技も一夜には通じなかった。

「女を知らんわけでもないしなあ」

大坂の商家は息子をさっさと馴染《なじ》みの遊郭で遊びを学ばせる。閨技《けいぎ》は言うまでもなく、それ以外の手練手管も経験させる。

「大坂に待たせている娘はんもいてるし」

別段婚約をしたわけではないが、一夜は義理堅い。柳生に呼び出される寸前に、顔を合わせた信濃屋の娘三人のことを大事にしている。

結果、佐夜のおこないは空振りに終わった。

「許せるものか」

女中を辞めさせられ、兄のもとへ帰された佐夜は、ぼろぼろになった伊賀の女忍としての矜持《きようじ》を取り戻すため、一夜が義理立てする信濃屋の娘を見るため、大坂まで来ていた。

「……ここか」

半刻《はんとき》（約一時間）近くかかって、ようやく佐夜は、淡海屋を見つけた。

「来る船や金銀財宝を満載し……」

門付けは縁起の良い言葉を適当に並べて、抑揚を付けることで歌のように聞かせる。婚礼ではないが、商家も割れる、壊れる、流れるなどの言葉を嫌う。それらに気を付けていれば、門付けは誰にでもできる。

「どうぞ」

しばらくして、ていねいに紙に包まれた心付けが佐夜に差し出された。

「かたじけのう」

一礼して受け取った佐夜が、相手の顔を見た。

「お美しい。こちらの娘御さまでございまするか」

永和の容姿に驚いた佐夜が尋ねた。

「いえ、嫁でございまする」

堂々と永和が言った。

「鉄漿《おはぐろ》はお付けでないようでございますが」

既婚の女は歯に鉄漿を塗るのが普通であった。

「上方のお人やおまへんなあ」

首をかしげた佐夜に永和が怪訝な顔をした。

「少し遠くから足を延ばしたものでございますれば」

「そうですか。ならご存じおまへんわなあ。上方は一人目の子を産むまで鉄漿をしないのですよ」

佐夜の言いわけに永和がうなずいた。

「では、これで」

そそくさと佐夜が離れていった。

「……ふっ」

永和が佐夜の背中を見送りながら、小さく笑った。

「門付けやおまへんなあ。ずいぶんと見目も麗しいし。わたいのこと知っているみたいやったし」

しっかりと永和は佐夜を観察していた。

「一夜はんのかかわりやな。嫁やと言うたら、ちょっと身体が反応してたし」

永和が首をひねった。

「十兵衛はんといい、さっきの門付けといい。一夜はんは江戸でなにをなさってはるんやろ」

永和が嘆息した。

「これは待ってたらあかんかも知れへん。妹二人を出し抜いて、江戸へ行くべきかなあ」

難しい顔で永和が口にした。

「なんだ、あの女は」

不自然にならぬよう、少し離れた商家の前で門付けをするようなまねをしながら、佐夜が驚いていた。

「こっちの素性も事情も、見抜いているような目……淡海といい、商人というのは、怖ろしいものよ」

手の震えを佐夜は拳《こぶし》を強く握りしめることで、無理矢理収めた。

「見た目ではこっちが勝っている」

女としての誇りをもって佐夜が断言した。

「商人の妻としての素質でいけば、向こうが上」

物心つくころから忍の修行を始めた佐夜と、子供のころから算盤《そろばん》を弾《はじ》いていた永和では、将来店を支える立場への学びに大きな差があった。

「どちらにせよ、邪魔ならば除《の》けるまで」

静かに佐夜が口にした。

四

主膳宗冬は、いつまで経《た》っても来ない黒住屋に怒っていた。

「なぜ来ぬ」

苛立ちを主膳宗冬が口にした。父の注意を主膳宗冬は忘れた。

「このままですますものか」

書院番としての勤務を終えた主膳宗冬は、下城したその足で日本橋へと向かった。

「おいっ」

最初から喧嘩腰《けんかごし》で主膳宗冬は、黒住屋の暖簾《のれん》を潜《くぐ》った。

「お出で……あなたさまは」

先日応対した番頭が一瞬呆然《ぼうぜん》とした。

「そなたの店は柳生家を軽く考えておるのか」

主膳宗冬が番頭に詰め寄った。

「そのようなことはございませぬ」

胸ぐらを摑《つか》みそうな勢いの主膳宗冬に、番頭の腰が引けた。

「では、なぜ屋敷に来ぬ」

「後日、あらためてと申しあげたはずでございまする」

番頭が日限を切っていなかったはずだと言い返した。

「……もう十日だぞ」

「申しわけございませぬが、当家の主は御三家さまを始め、井伊さま、伊達《だて》さまなど名門の方々にお出入りを許されておりまする。お歴々さまからのお召しも多く、なかなか予定も空きませぬ」

少し勢いを減じた主膳宗冬に、番頭が追い打ちをかけた。

「で、では、いつなら来られる」

主膳宗冬が日にちを決めようと要求した。

「よろしゅうございますが、先ほど申しましたようにお歴々さまのお召しがあれば、そちらを優先いたすことになりますが」

「馬鹿を申すな。日を決めるのだ。どこが割りこもうとも断るのが筋であろう」

告げた番頭に主膳宗冬が言い返した。

「柳生さまとのお約束があり、お召しには応じられませぬと……」

「待て。なぜ、当家の名前を出す。先客があるといえばすむ話であろう」

番頭の返しに主膳宗冬が顔色を変えた。

「先約とはどこだと問われましたならば、隠せませぬ。当家といたしましては、お得意さまを大事にせねばなりませぬ」

「………」

人としては最低であっても、商売人としては当然のことである。御三家やそれに匹敵する大大名の名前が出たこともあり、主膳宗冬は黙るしかなかった。

「そもそもお出入りをお許しくださるとのことで、柳生さまの御領地のものを買えとのお話でございましたが、なにをお売りいただけるのでございましょう」

もう一度番頭が訊いた。

「余は知らぬ」

主膳宗冬は前と同じ答えを返すしかなかった。

「畏《おそ》れながら、当家の商いをご存じで」

番頭が口調を少し崩した。

「知らぬ」

「当家は簪《かんざし》や櫛《くし》のような小間物、巾着《きんちゃく》、錦織などの袋物を商っておりまする。失礼ながら、柳生さまに当家で扱う品がございますか」

「商人なのだろう。黙って品を買い、どこぞで売れば良い」

番頭の質問に主膳宗冬が手を振った。

「わたくしどもは、一流の職人に作らせた小間物、袋物を商う店でございます。大和の山奥で獲れた鹿の皮や牙、猪《いのしし》の肉などは扱っておりません。その手の品をとお考えならば、どうぞ他所《よそ》さまへお見えを」

「おのれはっ」

慇懃《いんぎん》に頭を振った番頭に、主膳宗冬が刀の柄《つか》に手をかけた。

「若さま。なりませぬ」

登下城の供をしている荷物持ちの小者が、主膳宗冬を止めた。

「しかしだな……」

「刀を抜けば、柳生の家が潰《つぶ》れまする」

まだ言い募ろうとした主膳宗冬を小者が諫《いさ》めた。

「無礼討ちじゃ」

「通るわけございませぬ」

問題ないと言う主膳宗冬を小者は必死で抑えた。

幕初、武士による無礼討ちが多発した。これに苦慮した幕府は、無礼討ちを禁止にはしなかったが、その場を去らずに人を殺めた責《せめ》を負って切腹することこそ武士であると広めた。

「なにより、この店は江戸城お出入りでもございまする。場合によっては……」

最後まで言わなかったが、小者は主膳宗冬をなだめ続けた。

「……むうう」

主膳宗冬もそれくらいはわかっている。それこそ下手をすれば、惣目付《そうめつけ》によって柳生家が告発されることになりかねない。

「若殿、帰りましょう」

「…………」

小者に引っ張られるようにして、主膳宗冬は黒住屋を出ていった。

「迷惑なことだな」

今日も店にいた黒住屋庄右衛門が、顔を出した。

「まったくでございまする」

「二度と来なければいいが……」

同意した番頭に黒住屋庄右衛門が懸念を口にした。

「いっそのこと、惣目付さまのお耳に入れますするか」

番頭が提案した。

「惣目付さまに訴えると言うのかい」

「いえ、訴えるのは僭越《せんえつ》だと言われかねませぬ」

商人と武士の間には大きな身分の差という壁がある。番頭が首を左右に振った。

「困っているといったことをさりげなく」

「さりげなくと言うが、儂《わし》は惣目付さまとお付き合いはないぞ」

黒住屋庄右衛門が困惑した。

惣目付はせいぜいが四千石ほどの旗本で、黒住屋庄右衛門が出入りするほど小間物や袋物を買うだけの余裕はなかった。

「御老中さまとお話しになられるときにでも、雑談代わりにでもしていただければ」

「雑談代わりか。それくらいならば、なんとかできよう。近いうちに松平伊豆守さまとお話しする機会がある」

番頭の案を黒住屋庄右衛門は認めた。

会津藩加藤家に、柳生但馬守は二人の伊賀者を放った。

「お家騒動の気配を探れ」

柳生但馬守の命を受けた伊賀者は、会津の城下に一人は行商人として、もう一人は放下師《ほうかし》に扮《ふん》して入った。

「一番安い部屋を十日頼むよ。ただし、相部屋は勘弁しておくれ」

行商人に扮した伊賀者が宿を取った。

ただ寝泊まりするだけならば、木賃宿が旅籠《はたご》の半分以下の金子《きんす》で泊まれるが、大広間に全員雑魚寝《ざこね》となるため枕探しや護摩《ごま》の灰を気にしなければならず、荷物と財布を守るため夜もねむれない。これでは翌日の商いに差し支えるということで、まずまともな商売人は木賃宿を使わない。

「一晩おいくらで。四十八文……ちと辛《つら》いか。明日おひねりが多ければええけど」

放下師に化けた伊賀者は木賃宿を選んだ。

芸者の一つである放下師は早変わりを見せて、おひねりをもらう。若い男が一瞬で老爺に、また美女にと変化する。当然、それだけの衣装や鬘《かつら》などを用意しなければならないが、着物も小道具もひとまとめにして風呂敷に入れてしまえば、枕代わりにできる。さすがに枕を盗《と》られて気づかない者はいない。

こうして二人の伊賀者は会津で最初の一夜を過ごした。

会津は奥州《おうしゅう》の要《かなめ》ともいうべき要衝の地であった。白河《しらかわ》の関までも近く、越後《えちご》、羽州《うしゅう》、奥州のどこにも通じている。ただ、冬は長く積雪も多いため、物成りはよいとはいえない。

かつては上杉《うえすぎ》家の城下であったが、関ヶ原の合戦の後米沢へ移封され、蒲生《がもう》、加藤と外様の大藩が封じられてきた。

その会津を、家光は異母弟保科肥後守正之に与えたいと考えていた。

「松平の名乗りなど畏れ多し」

家光の勧めにも恐懼《きょうく》する保科肥後守は出自をわきまえ、決して将軍位を欲しがろうとはしない。

しかし、弟駿河大納言忠長はずっと将軍位を争い、その地位が確定してからも「百万石と大坂城を賜りたし」と要求をしてきた。

大坂城は西国の大名が江戸へ出るためには、かならずといっていいほど通る場所である。また堺湊《さかいみなと》を持ち、交易も盛んである。摂津、河内、和泉《いずみ》でおよそ七十万石、それに播磨《はりま》の半分で百万石、それだけあれば西国大名の旗頭にはなる。それこそ室町《むろまち》幕府における鎌倉公方《かまくらくぼう》になりかねない。

いや、下手をすれば徳川の名跡を持つ者同士で、第二次の関ヶ原の合戦ともなりえる。

「死なせよ」

おとなしくしていれば、生かしておいてやるつもりだった家光も、こうなっては仕方がない。

駿河大納言徳川忠長は、謀反《むほん》の罪で所領召しあげのうえ、高崎《たかさき》へ流罪となった。

「考え違いをいたしておりました」

そこにいたってようやく忠長は、己がなにも見えていなかったことに気づいた。だが、すでに幕府の対応は厳罰と決まってしまっていた。

流罪から一年余り、忠長は自害を命じられ、二十九歳の若さで散った。

こうして一緒に育った弟と天下を巡っての争いを続けてきた家光にとって、保科肥後守は出しゃばることなく、ずっと控えめな態度をとり続ける安心できる唯一の身内であった。

「御三家を四つに増やすというわけにはいかぬ」

徳川の名跡は、将軍を出せるという証《あかし》でもある。保科肥後守は事情があったとはいえ、外様の名跡を継いでいる。一度他姓を継いだ者は、家康の次男結城秀康《ゆうきひでやす》を前例として、将軍になれないという不文律が徳川にできた。

これも、家光が保科肥後守を信頼する理由であった。

「だが、弟には違いない。将軍の弟が二十万石など少なすぎる。御三家に匹敵するだけの領地が要る」

とはいえ、もとは三万石の外様小藩なのだ。理由もなしに引きあげていくのにも限界があった。

というより、それだけまとまった領地がない。すでに天下は定まり、どこは誰の領地だと決まっている。とくに二十万石を超える大領となれば、そこに定着しているだけの理由がある。それを無理に動かせば、天下の耳目を集める。

かといって五万石や十万石をまとめて動かすとなると、それこそ移封される大名の多さで、天下は騒然となる。

結果、家光は保科肥後守の新たな領地にふさわしい土地を有している大名を潰すことにした。

空いた土地に弟を入れるくらいは、さほど問題にはならないし、それくらいなら将軍の権威で抑えこめる。

かといって罪がない大名を陥れるとなれば、惣目付を動かすわけにはいかなかった。もし、将軍の恣意《しい》で惣目付が動くと漏れれば、幕府の威厳は崩れる。公明正大でない幕府など、いつ謀反が起こってもおかしくない。

「但馬守、任せる」

結果、家光は惣目付として十分に監察の経験もあり、その職から外れた柳生但馬守に白羽の矢を立てた。

そして柳生但馬守の一手が、会津に打たれた。

「江戸で流行《はやり》の小物でございます」

行商人になりきった伊賀者が、城下町の大きな屋敷を訪れた。

「通れ」

「うろんな奴《やつ》」

ほとんどは、門番足軽《あしがる》に追い払われるが、

「奥さまがご覧になりたいと仰せじゃ。無礼のないようにいたせよ」

なかには江戸という名前に惹《ひ》かれた奥方や娘たちが、興味を示すこともある。

「そなたが、江戸から来た商人かえ」

庭に回らされた行商人を縁側から女中が見下ろした。

「畏れながら、江戸は寛永寺《かんえいじ》裏で小間物を商っております、虎屋睦吉《とらやむつきち》と申しまする」

虎屋睦吉と名乗った伊賀者は、女中ではなく、その後ろで鷹揚《おうよう》に構えている奥方へ向かって頭を下げた。

「櫛はあるか」

「いくつか持ってきておりまする。出させていただいても」

女中の問いに虎屋睦吉が応じた。

「……これでございまする」

てばやく風呂敷を解き、手ぬぐいの上に櫛を並べた虎屋睦吉が縁側へと置いた。

「しばし、待て。奥方さま」

「うむ」

ていねいに捧《ささ》げ持った櫛を奥方が見た。

「……これはいくらか」

奥方が問うた。

「さすがはお目が高い。そちらは名人と言われる職人が一月かけて作りあげた逸品でございまして、三十五両と値付けしております」

「三十五両……」

予算より高かったのだろう。奥方が名残惜《なごり》しそうに櫛を置いた。

「いかがでございましょう。このようなものにご興味をお持ちのお方さまをご紹介いただけるならば、二十五両、いえ二十両でお譲りいたしまする」

「二十両ならば購《あがな》えるの」

奥方がもう一度櫛を手に取った。

「いかがでございましょう、髪に挿してご覧になれば」

「よいのか」

髷は椿油《つばきあぶら》などで固めて、形を作りあげている。そこに櫛を挿せば、当然油が歯の間につく。

「ご遠慮なく」

こうして身につけてしまえば、女はかならず欲しくなる。

虎屋睦吉はひそかにほくそ笑んだ。

「さつき、どうじゃ」

髪に櫛を挿した奥方が、女中に尋ねた。

「お似合いでございまする」

仕えている主にそう訊かれて、駄目だという者はいない。

「そうか。小間物屋、これをもらおう」

「ありがとう存じまする」

虎屋睦吉が頭を下げた。

「で、紹介だが、どのようにいたせばいい」

「相手さまのお名前とお住まいがどこかを教えていただければ」

「それでよいのか」

「もし、よろしければ奥さまのお名前をお借りいたしたく」

簡単なことだと安心した奥方に、虎屋睦吉が付けくわえた。

「……となると幾人か減るぞ」

「無理なお方のお名前にお印をお願いいたしまする」

虎屋睦吉が要望した。

「さつき、すずりと紙を」

「はい」

すぐに用意がなされた。

「これでよいかの」

しばらく筆を動かしていた奥方が、紙に人名を書いた。

「ありがとう存じまする」

さつきという女中から紙を受け取った虎屋睦吉が喜んだ。

「……これでよいな」

続いて懐紙の上に小判を並べ、差し出された。

「……たしかに頂戴《ちょうだい》いたしましてございまする」

金を懐に入れた虎屋睦吉が一礼した。

「また会津へ参るのか」

「よき商いができましたら、また参りたいと思いまする」

奥方の質問に、虎屋睦吉が儲《もう》かればまた来ると答えた。

「そのおりは、まず最初にわたくしのもとへ顔を出しや」

「もちろん、そうさせていただきまする」

深々と礼をして虎屋睦吉が奥方のもとを辞去した。

屋敷を出た虎屋睦吉が小さく口の端をゆがめた。

「奥方が江戸小間物を買えるだけ余裕がある。すなわち家中でも裕福な家。そして武家で裕福というのは、力があると同義。これらの家には藩のすべてが集まる」

懐の書付を虎屋睦吉が撫《な》でた。

「そして名前は知っているが、紹介はできぬ。それはこの家とは敵対している連中と考えていい。これだけでも家中が割れている証」

虎屋睦吉が独りごちた。

「あとはこれらの家に探りを入れるだけ」

むやみやたらとあてどなく探索して回るよりは、はるかに効率がいい。

ふっと虎屋睦吉が笑った。

第四章　東西の商い

一

一夜《かずや》は駿河屋《するがや》で商売の手伝いをしながら、しっかり柳生家《やぎゅう》の財政好転のための調べもおこなっていた。

「京の名前が付けば、ええ値で売れるかあ」

江戸というか武家は、京への憧《あこが》れが強い。京の織物というだけで、江戸のものより倍高くても飛ぶように売れる。

「大和《やまと》はあかんか」

それに比して大和という名前は役に立っていない。

「……大和ですか。それはどの辺に」

場所さえ知らない者がほとんどで、

「京の隣ですがな」

「隣ということは京ではないと」

位置を説明したとたん、興味をなくす。

「奈良《なら》の都のあるところで」

「お寺ばっかりですなあ」

誰もが知っている東大寺《とうだいじ》の大仏のことを話しても、寺しかない町と判断されてしまう。

「お寺のものといえば、線香ですか」

「線香だけやないんですけどなあ」

一夜が苦笑した。

売れるならば線香でも売るが、折れやすいものだけに遠路はるばるというのは、危険がある。

「獣の皮なんぞは、多摩《たま》でもとれるしなあ」

大和から江戸までは遠い。とくに荷車を曳《ひ》いてとなると、十日はかかる。

「酒はどうかなあ」

大和は酒の本場として長い歴史を誇っている。

とくに奈良で造られた南都諸白《なんともろはく》は、平安《へいあん》から室町《むろまち》に至るまで天下の銘酒として珍重されてきた。

「灘《なだ》には勝てんか」

天下が泰平になって以来、近海での海賊は激減し、上方《かみがた》の酒が江戸へ大量に運ばれるようになった。

「奈良は澄み酒に弱いからなあ」

米と麴《こうじ》を合わせて造る酒は、濁り酒になる。この濁り酒を透明にしたのが灘の杜氏《とうじ》だと言われており、灘の酒はそのほとんどが澄み酒であった。

「濁り酒も悪うはないからなあ。女《おなご》はんには諸白が受けるはず」

一夜は南都諸白を江戸に持ちこんでみるかと考えた。

「いけそうやったら、柳生でも酒造りを始める」

江戸には各地の大名が集まってくる。それぞれの顔が違うように、味覚も違う。一夜は澄み酒との住み分けを考えた。

「というても奥向き相手となると、手が出んなあ」

一夜が腕組みをして悩んだ。

淡海屋《おうみや》として出入りを許されている大名は、かなり多い。

武ではなく雅《みやび》で覇を競うように、幕府が仕向け、それに大名たちが乗ったおかげで、唐物《からもの》問屋は豊臣秀吉《とよとみひでよし》が存命のころに等しいくらいの隆盛を誇っている。

「よき品であった」

「さすがは淡海屋の目利《めき》きじゃ。無銘だと嘲《あざけ》った某《なにがし》が、あとで大恥を掻《か》いたと聞いた」

淡海屋七右衛門《しちえもん》のもとには、大名たちからの礼状が棚に収まりきらないほど来ている。

「ご無沙汰《ぶさた》をいたしております。淡海屋七右衛門の孫の一夜でございまする」

そう名乗って訪れれば、まず無下にされることはない。

しかし、一夜はそれを避けた。

「わたいがおらんようになってから、勝手されたらたまらん」

一夜は柳生を一切信用していなかった。百石高として召し抱えるとは言ったが、まだ一石ももらっていないし、本来ならば出仕する用意を調《ととの》えるために渡される支度金もない。

そもそも一族として無給で、飯だけ喰《く》わせてこき使おうとした柳生但馬守《たじまのかみ》に一夜が強烈な抗議をくらわしたことで、百石勘定頭《かんじょうがしら》という扱いになった。

「百石をくれるくれないの前に、藩士の首はいつでも刈れる」

家老職の処断は、事後とはいえ幕府へ届けなければならないが、勘定頭ならばお手討ちとしてすませられる。

一夜は柳生のために働きながら、絶えず命の危険に晒《さら》されている。

「そうならんように、堀田加賀守《ほったかがのかみ》さまの指示にしたがった」

堀田加賀守家の内政を改善したのも、万一に備えてである。

もし、一夜が柳生但馬守から追われるようなことになっても、

「当家にかかわりのある者である。勝手な処断は許さぬ」

堀田加賀守から横槍《よこやり》が入る。

「…………」

通常主従の関係によそ者は口出しできないが、相手が老中首座ともなれば話は別である。

ましてや堀田加賀守は家光《いえみつ》の側近中の側近、その堀田加賀守から柳生但馬守の横暴が、家光の耳に入れれば、かならずや咎《とが》めがある。

「切腹いたせ」

柳生但馬守さえいなくなれば、左門友矩《さもんとものり》を手元に取り戻す障害はなくなる。たとえ、会津《あいづ》藩加藤《かとう》家の失脚が遅くなろうとも、家光は左門友矩を取る。

一夜と柳生但馬守は、互いに相手の足もとを狙《ねら》う敵同士でもある。そんな敵に祖父が築きあげた伝手《つて》を渡すわけにはいかなかった。

「大和がなんの看板にもならへんのやったら、柳生の特産品を江戸で売るというわけにはいかんなあ」

特産品は、同じものでも名前が通っている方が値が高く、買い手がつきやすい。

「となると、数で勝負できるものになるけど……あんまり安いと運び賃で儲《もう》けはのうなる」

一夜は一心不乱に考えた。

「なんもなさすぎや」

ついに一夜はあきらめた。

「上様の剣術指南役やちゅうなら、お願いしてもうちょっとええところへ移してもらえばええのに。例えば海沿いとか」

海が領地にあれば、いろいろと手に入る。

まず塩だ。塩は人が生きていくうえでなくてはならないものであり、人口の多い江戸なら飛ぶように売れる。

つぎに海のものも売れる。さすがに海のものを生きたまま江戸まで届けることはできないだろうが、干物にすれば立派な商品になる。

まだある。船を使っての運送業ができる。重い荷、大量の荷などを運ぶのに船は大いなる助けになる。

「米だけでは、いずれやっていけなくなる」

一夜が首を横に振った。

「なぜでございますかな」

そこに駿河屋総衛門《そうえもん》が娘の祥《さち》を連れて立っていた。

「これはお声がけいただいたのに、返事さえいたしませず」

すぐに一夜が詫《わ》びた。

一夜は思案に入ると没頭する癖がある。その状態になると、多少の物音がしても気づかないことがあった。

今、一夜は駿河屋の一族用客間を借りている。いくら家のなかだとはいえ、一人娘を連れていきなり男の部屋に駿河屋総衛門が入ってくるはずはない。おそらく何度か外から声をかけたが、返答がないので襖《ふすま》を開けて様子を見たのだろうと一夜は推察した。

「いえ、こちらこそ勝手をいたしまして」

駿河屋総衛門も謝罪を返した。

「なにか御用ですやろうか。ああ、まずはお座りを」

すっと一夜が床の間の前を譲った。

「いえいえ、わたくしどもはここで。祥、座らせていただきなさい」

「……はい」

少し入ったところで、駿河屋総衛門が座り、娘をうながした。

「御用は」

「その前に、お聞かせいただけますかな。いずれ米だけでやっていけなくなると言われたわけを」

「聞いてはりましたんか」

駿河屋総衛門の求めに、一夜が頭を掻いた。

「米は人が生きていくうえで、絶対要《い》るものですやろ」

「たしかに」

一夜の発言を駿河屋総衛門は認めた。

「それだけに値上げがしにくい。すれば買えない人々が飢える。粟《あわ》や稗《ひえ》で代用はできまへん。とくに江戸は」

「…………」

無言で駿河屋総衛門が先を促した。

粟や稗、俗に言う雑穀は田畑の隙間《すきま》で、稲作、畑作のついでに育てるようなもので、凶作になったときに百姓が生き延びるために食べる。あるいは苛政《かせい》で、育てた米さえほとんど手元に残らないときの主食になる。

また、いくら粟や稗が豊作でも、価格が安すぎて売りものにならなかった。

つまりほとんど地元で消費してしまう。

江戸でも売っていないわけではないが滅多に見ないし、わざわざ粟や稗を食おうという物好きもいない。

「将軍家のお膝元で、民が飢える。これは上様の名に傷が付くこと。老中たちもそれは決して許しまへん。となるとどうなります」

黙って聞いている駿河屋総衛門に一夜が尋ねた。

「豊作ならば放置、凶作なれば価格の制限」

「はい」

正解だと一夜がうなずいた。

「ところでお大名はんは、なにで金を稼いではるか、ご存じでっか、いとはん」

一夜がつまらなそうな祥を見た。

「いとはん……わたしのこと」

祥が瞳を瞬《まばた》かせて戸惑った。

「上方の言葉で、商家の長女はんのことを、いとはんと呼びますねん。意味は愛《いと》おしい人ですなあ」

「い、愛しい……」

説明を聞いた祥が照れた。

「駿河屋はん」

答えは返ってこないなと悟った一夜が、駿河屋総衛門へ目を向けた。

「年貢、すなわち米ですな」

「そうです。米に頼っている。それで財政が保《も》ちますか」

「無理でしょう。豊作だと値が下がり、凶作でも値が抑えられる」

駿河屋総衛門が首を横に振った。

「お武家はんは、遠からず破綻します」

一夜が断言した。

「戦《いくさ》がなくなってしまえば、刀も弓も槍も無用。言うまでもなく武士も不要になりますわ。お武家はんは、何一つ生産せず、消費するだけになる。しばらくはよろしいやろ。戦で取った取られたと争っていた土地が、御上《おかみ》によって誰のものやと確定されましたよってな。毎年馬蹄《ばてい》や人によって踏み荒らされてた土地が、ちゃんと使えるようになる。ちょっと頑張って、水の手を作り、開墾すれば新田も拡《ひろ》がる。でも、それには限界がある。なにせ、土地は増えまへんよって」

「……」

「そして、駿河屋はんは身に染みてご存じのように、諸色は上がり続ける。おそらく五年で倍にはなりまっせ。収入はかわらず、支出は増える。金が出ていくばかりの状況にお武家はんは耐えられますやろうか」

「無理でございましょうな。いや、耐える前に気づかないかも知れません」

駿河屋総衛門がため息を吐《つ》いた。

「大名に頼る商売は、あと五十年。そこから先は大名出入りというのは看板やと割り切って、町人相手に稼ぐのがええと思いますわ」

一夜が述べた。

話を終えて部屋を出た駿河屋総衛門が、あれからずっと下を向いている娘の袢に話しかけた。

「どうだい」

「……」

前回同じことを訊《き》いたときは、即座に拒否の答えが返って来た。しかし、今回は黙ったままであった。

「どう感じたかな」

もう一度駿河屋総衛門が問うた。

「恐ろしいお人」

小さな声で祥が呟《つぶや》くように言った。

「敵に回さなければいいだけだ」

駿河屋総衛門が真顔で言った。

「あのお人はね、味方にはずいぶん甘い。先ほどの話でも、別段すべてしなくてもいいことだよ。五十年先まで、わたしたちと縁が続いてるとは限らないのだから」

ため息を吐きながら、駿河屋総衛門が続けた。

「ただ若い。抜き身の刀を見せつけすぎる。普段は綿でくるんでおき、いざというときそのまま綿ごと相手に突き刺せばいいのだが、まだそこまでいたっていない。危ういね」

駿河屋総衛門が目を閉じた。

二

堀田加賀守は、家光に他人払《ひとばら》いを頼んだ。

「これでよいか」

太刀《たち》持ちの小姓《こしょう》まで排除できたのは、堀田加賀守が家光の寵臣《ちょうしん》中の寵臣だからであった。

「かたじけなく存じまする」

「加賀の願いならば叶《かな》えるのが躬《み》の役目よ」

家光が堀田加賀守に優しい目を向けた。

「畏《おそ》れ多い」

堀田加賀守が恐縮した。

「りりしき加賀を見るのもよいが、それでは日が暮れてしまうでの。用件はなんじゃ」

家光が笑いながら先を促した。

「さようでございました。上様、左門をお役に就けてはとお勧めに参りましてございまする」

「……左門を」

堀田加賀守の言葉に家光が疑わしげな顔をした。

「よいのか」

かつて嫉妬の炎で左門友矩を焼き殺そうとした堀田加賀守とは思えない話の内容に、家光が疑ったのも無理のないことであった。

「はっきり申しあげて、今でも左門友矩のことは疎ましゅうござる。ですが、上様がお寂しそうになさっているお姿を見ているほうが辛《つろ》うございまする」

堀田加賀守が潤んだ目で家光を見上げた。

「三四郎《さんしろう》……」

家光が堀田加賀守を若かりしころの名前で呼んだ。

「上様……」

主君と寵臣が見つめ合った。

「愛《う》い奴《やつ》め。で、左門を何役にする。そう簡単にはいくまいぞ。但馬守が許すまい」

家光が小さく首を横に振った。

武家には本家と分家があった。二千石の旗本となった左門友矩は、柳生但馬守の分家になる。そして分家は本家に対し、何をするにしても指示を仰がなければならなかった。

「上様より某役をとのお話を頂戴《ちょうだい》いたしました」

たとえ役付になることでも、

「御老中さまより、縁談をいただきましてございまする」

婚姻の話であろうとも、

「遠慮いたせ」

「そなたにはまだ早い」

本家が許さないと引き受けるわけにはいかなかった。

実際のところ、左門友矩が徒頭《かちがしら》となって二千石で新地召し抱えとなったとき、柳生但馬守は遠慮しろと強く反対していた。

しかし、上様が最上と考える左門友矩は、家光から賜《たまわ》る領地を断るなどできようはずもなく、柳生本家から離れて別家した。

だが、その行為の結果が左門友矩の柳生での病気療養になった。

「本家を潰《つぶ》す気か」

家光の過ぎたる寵愛《ちょうあい》を怖《おそ》れた柳生但馬守は、左門友矩を江戸から無理矢理引き剝《は》がした。

「上様の御側《おそば》に……」

必死の抵抗をした左門友矩だったが、分家になにかあったとき本家は知らぬ存ぜぬでは通らないと説得され、徒頭を辞して病気療養に入った。

「江戸へ戻すとなれば、反対いたしましょう。ですが、柳生よりより遠くとなれば……」

「それでは意味がないではないか」

家光が不満を口にした。

「何役でもかまいませぬ。とりあえずお役につけてしまえばよろしいのでございまする。そこで数ヵ月でも無事に任をこなせば……」

「こなせばどうだと」

「病気ではなくなりまする」

「おおっ」

堀田加賀守の考えに家光が感心した。

「そこで江戸へ呼び戻せば……」

「但馬も止められぬな。もう病気療養とは言わせぬ」

「では」

「任せる。うまくやれ」

「ははっ」

家光の励ましに、堀田加賀守が手を突いた。


武藤大作《むとうだいさく》は、重い足取りで駿河屋へと向かっていた。

「だから、籠《かご》に閉じこめるようなまねはなさらぬようにとご意見申しあげていたのだ」

ぼやきながら武藤大作は駿河屋の暖簾《のれん》を潜《くぐ》った。

「お出《い》でなされませ」

怪訝《けげん》そうな顔で番頭が迎えた。

「拙者《せっしゃ》柳生但馬守が家中《かちゅう》、武藤大作と申す。こちらに淡海が寄宿していると聞いて参ったのだが、会えるかの」

武藤大作が下手《したて》に出た。

「ああ、あなたさまが武藤さまでいらっしゃいますか」

番頭が手を打った。

「どういうことかの」

事情の呑《の》みこめていない武藤大作が、番頭に尋ねた。

「いえ、先日淡海さまより、そろそろ武藤はんが訪ねて来るはずやから、来たら通してくれと承っておりまして」

「さようでございましたか。では、お願いをしても」

「どうぞ、こちらでございまする」

武藤大作の頼みに応じて、番頭が一夜の部屋まで案内した。

「淡海さま、武藤さまがお見えでございまする」

「あは、やっぱり来たか。番頭はん、おおきに。そこでほったらかしといて。勝手に襖開けて入ってくるよって」

一夜が番頭に礼を言った。

「……淡海」

言われたとおりに、武藤大作が襖を開けて入ってきた。

「ちょっと待っててや。その辺に座っててんか」

一夜が手元の書付に目を落としながら、武藤大作に勧めた。

「……やはり柳生の名前で売れそうなんは、木刀と拵《こしら》えくらいやなあ。刀はあかんなあ。奈良鍛冶《かじ》の評判が悪すぎる」

一夜が嘆息した。

「とはいうても、木刀を一両で売るわけにはいかへんし……ええとこ一分か」

片手で一夜が算盤《そろばん》をはじいた。

「いつまで売れるかやなあ。出せば、当分の間は月に百本くらいは売れるやろうけど……その辺の薪《まき》ざっぽを使えばただですむけど、そんなもん打ちあったら一発で折れるわ。銘木でなくてもそこそこのやつやと、一本の仕入れに一朱近くかかるやろうなあ。加工は道場の弟子たちに、心を研ぎ澄ます稽古やとか言うてさせれば無料ですむ。一本の儲けが三朱となると……百本で十八両三分かあ」

算盤を置いて、一夜が唸《うな》った。

「大きいな」

一夜の顔つきが変わった。

「一年やれば、二百二十五両や。それだけあれば新田の開拓か、水の手の改善のどちらかには手が付けられる」

「やはりな」

じっと見ていた武藤大作が一夜に声をかけた。

「うん、なんのこっちゃ」

「いいや、なんのかんの言ったところで、おぬしは生真面目《きまじめ》だと感心しているのだ」

怪訝そうに顔を上げた一夜に、武藤大作が微笑《ほほえ》んだ。

「ああ、これかいな」

一夜が書付を振ってみせ、武藤大作がうなずいた。

「うむ」

「武藤はん、剣術の稽古はどないです」

まったく違うことを一夜が訊《き》いた。

「どうだといわれても、毎日積んでおるが」

質問の意味がわからないと、武藤大作が首をかしげた。

「江戸へ来てから伸び悩んでないか」

「………………」

言い当てられた武藤大作が黙った。

「やっぱりなあ」

一夜が苦笑した。

「なにかわかっているならば、教えてくれ」

武藤大作が意見を求めた。

事実、武藤大作は壁に当たっていた。すでに国元の柳生道場で、上から数えた方が早い腕だったのだ。それが一夜を江戸へ護送する途中、牢人《ろうにん》たちに襲われたりして、人を斬るという経験もした。まさに一枚皮が剝《む》けたと言っていい。

お陰で、江戸道場での席次も上がった。

しかし、そこから己でもわかるくらい、上にいけなくなった。いや、自信がなくなった。

そのことを一夜に言い当てられたのである。

「剣術とはなんです」

一夜が問うた。

「剣術とは、どうやって敵を斬るかを学ぶこと」

「わかってはりますやん」

「……わかっている」

一夜に言われた武藤大作が戸惑った。

「剣術は人を斬るための技。いかにうまく、己に危難の及ばないようにして敵を倒すかを突き詰めること」

「当たり前だな」

武藤大作がさらに戸惑いを見せた。

「なあ、武藤はん。ちいと考え違いしてないか」

「どこがまちがっているというのだ」

違うぞと指摘された武藤大作が、少し気色《けしき》ばんだ。

「剣術は、戦場でどうやってうまく敵の首を斬るかを突き詰めていくもんやろ」

「うむ」

確かめるような一夜に武藤大作が同意した。

「正々堂々って、要るんか」

「………」

武藤大作が絶句した。

「正面から戦って負けたら、誰が褒めてくれるんや」

一夜が冷たい目で武藤大作を見た。

「満足して死ねるだろう」

「阿呆《あほう》も極まれりやな」

「なんだとっ」

親しいとはいえ、歳下《としした》の一夜に嗤《わら》われた武藤大作が激しかけた。

「武藤はん、独り身やな」

「……ああ」

「で、あんたが死んだら、武藤の家はどうなる」

「………」

武藤大作が沈黙した。

「潰れるか、顔も見たこともない親戚が跡を継ぐかや。武士の家って、そんなに軽いものやったんか」

「いや」

「ほな生き残らなあかんやろ。どんなことをしても目の前の敵を討ち果たす。それが武士と違うか」

「そのとおりだ」

武藤大作が一夜の考え方を認めた。

「型にはまりすぎたら、そこから伸びひんやろ」

「そうだな」

一夜の結論に武藤大作も同意した。

「……なあ、淡海」

「なんや」

武藤大作のあらためた声かけに、一夜が応じた。

「ごまかしたな」

「気づいたかあ」

一夜が苦笑した。

「なにをごまかした」

「知らんほうがええで」

表情を真剣にした一夜が告げた。

「そうはいかぬ。殿から、おぬしがなにをしているか見てこいと命じられておる」

「ほな、簡単やな。見た通りを報告したらええ。ちゃんと仕事をしてるで」

一夜が書付を振って見せた。

「たしかに柳生のためにいろいろとしているようだな」

「そやろ」

一夜が胸を張った。

「まあ手抜きをしていないことはわかった。だが、その格好はなんじゃ」

「似合《にお》うてるやろ」

じとっとした目つきで見た武藤大作に、一夜がさらに胸を張って見せた。

「おぬしは柳生家の勘定頭ぞ。商家のまねごとをしてどうする」

「商いの交渉に行くのに、この姿がええねん。刀差して行ったら、向こうが警戒するやろ。それでは食いこんでいかれへん。一文、二文の遣《や》り取《と》りを武家姿ですると、周りが退《ひ》くねん」

「わからんでもないが……」

一夜の言いわけに、武藤大作が半歩譲った。

「これも役目のためや」

一夜が堂々と言った。

「で、用事はそれだけか」

「……そんなわけなかろう。おぬし堀田加賀守さまとなにを話した」

武藤大作が声を低くした。

「言えへんな」

「なぜだ。役目で会ったのならば、報告するのが当然だろう」

拒否した一夜に武藤大作が言い返した。

「私事や」

「ふざけるな。おぬしと老中首座さまとの間になんの遣り取りが要る」

武藤大作が詰問した。

「知りたいか」

一夜が目を細めた。

「それが柳生の最後に繋《つな》がるとしても」

「…………」

武藤大作が一夜の迫力に、声を失った。

三

秋山修理亮《あきやましゆりのすけ》は松平《まつだいら》伊豆守《いずのかみ》に呼び出された。

「なんでござろうか」

惣目付《そうめつけ》はその職責上、老中といえども頭《こうべ》を垂れない。

「よく来てくれた」

堂々としている秋山修理亮に、松平伊豆守がていねいな口調で応じた。

老中の権は御三家でさえ呼び捨てにできるほど強い。外様《とざま》相手だと百万石の前田《まえだ》であろうが、薩摩《さつま》の太守島津《しまづ》であろうが、「そのほう」と扇の先で差す。

その老中でさえ、惣目付には気を遣った。

「いえ」

だからといって威丈高にするのはまちがっている。

惣目付の任から外れた瞬間、庇護《ひご》してくれる権威はなくなるのだ。

秋山修理亮は頭を下げなかったが、配慮を見せた。

「世間話をする余裕はないのでな、さっそく本題に入らせてもらおう。修理亮どのは、柳生但馬守の動きをどう見る」

「……どう見るとは」

秋山修理亮が松平伊豆守の意向を探るために、首をかしげて見せた。

「肚《はら》の探り合いをする暇はないのだ」

松平伊豆守が真剣な顔をした。

「今のところ、藩政に勤《いそ》しんでおると」

「違うわ」

当たり障りのない秋山修理亮の答えに、松平伊豆守がいらだった。

「但馬守と堀田加賀守どののことよ」

「加賀守さまと……」

聞いた秋山修理亮が困惑した。

「但馬守と加賀守どのは仇敵《きゆうてき》とまでは申しませぬが、左門友矩のことで険悪な関係のはず」

「気づいておらぬのか」

秋山修理亮の答えに、松平伊豆守があきれた。

「……なにに気づいておらぬと」

「よくそれで、務まるものよ」

「伊豆守どの」

あきれた松平伊豆守に、秋山修理亮がさすがに反した。

「但馬守の庶子が、ここ最近加賀守の屋敷に何度も出入りをしておる」

「…………」

松平伊豆守の情報に、秋山修理亮が声を殺して驚いた。

大きく驚くと惣目付としての能力に疑いを持たれる。いくら惣目付でも、松平伊豆守から使いものにならないと判断されれば、無事ではすまない。

「……あやつが加賀守どののもとへ」

息を落ち着けた秋山修理亮が口を開いた。

「庶子のことは知っておるのか」

「一度呼び出したことがござる」

松平伊豆守の問いに秋山修理亮が告げた。

「直接話したのか。どうであった」

「……但馬守とはまったく似ておらず、根っからの商人だと感じましてござる。見た目、気配、どれをとってもとても親子とは思えませなんだ」

印象を聞かれた秋山修理亮が、思い出すようにして語った。

「骨の髄まで商人……」

松平伊豆守が悩んだ。

「そんな男と加賀守は、なにを話している……」

「調べましょうや」

秋山修理亮が手助けをしようかと述べた。

「…………」

窺《うかが》うように松平伊豆守が秋山修理亮を見た。

「なにが欲しい」

執政《しっせい》とはいえ、大名である松平伊豆守に惣目付が協力を申し出る。これを純粋な好意だと受け取るようならば、松平伊豆守はとうに老中を辞めさせられている。

執政にもっとも大事なのは決断力だが、最低限持っていなければならないのが猜疑《さいぎ》心《しん》であった。

「惣目付から転じたく」

「但馬守のように、大名になりたいのか」

秋山修理亮の要求を松平伊豆守が確認した。

「いえ、大名になれば惣目付に睨《にら》まれまする」

柳生但馬守は惣目付から狙《ねら》われていると、言外に秋山修理亮は告げた。

「旗本のままの出世は難しいぞ」

松平伊豆守が難しい顔をした。

惣目付自体が、旗本として上がりの役なのだ。惣目付の上となると残るは、将軍が江戸城から出かけたときの留守を預かる留守居か、高家《こうけ》くらいしかなかった。

「いえ、もうお役は……」

無役でいいと、秋山修理亮が首を横に振った。

「ふむ。ならば永年の忠勤を褒賞して二千石の加増というところになるな」

「そうしていただければ」

秋山修理亮が喜んだ。

二千石の加増は、実質八百石の増収になる。もちろん、家禄《かろく》が増えただけの軍役負担もあるが、それでも四百石は残る。

しかもお役目ではなく本禄《ほんろく》加増なので、子々孫々まで受け継いでいける。

「そのていどならば、さほどのことではない」

松平伊豆守がうなずいた。

本来将軍の家臣である旗本の加増や減禄は、家光の専権事項になる。しかし、一万人以上いる旗本や御家人のすべてを将軍が把握できるわけもなく、改易《かいえき》だとか、大幅な抜擢《ばってき》でもなければ、家光に報《しら》せなくともできる。なによりそれくらいの力を松平伊豆守は持っていた。

「任せた」

言い終わると、松平伊豆守は秋山修理亮に手を振った。

「はっ」

最初にあった対等な雰囲気は消え、代わりに主従に近いかかわりが生まれていた。

駿河屋総衛門に出入りを断られた下総《しもうさ》の薪炭《しんたん》問屋大谷屋《おおたにや》金助《きんすけ》は、別の店に話を持ちかけていた。

「いささか値が高すぎますな」

「ここからまだ薪炭の値は上がりますよ。上がってから品物を集めようとしても、難しくなると思いますが」

渋い顔をした店主に大谷屋金助が応じた。

「たしかにそうですが、今損を出してまで買う理由にはなりませんな」

店主が先の利も大事だが、商いは今が重要だと反論した。

「…………」

大谷屋金助が思案した。

ここで我を張っても、商いの話が壊れれば意味がなくなる。せっかく下総から二日かけて江戸へ出て高い旅籠《はたご》代を払っておきながら、商いは失敗しましたでは、それこそ大損になる。下手《へた》をすれば、在庫を抱えて投げ売りをする羽目にもなりかねない。

「わかりました。では、一年はこの値で」

「……よろしゅうございましょう。この値ならば、利は薄いですが、三年先に期待しましょう」

大谷屋金助が提示した金額を店主が呑《の》んだ。

「いやあ、さすがは江戸でも知られた椿屋《つばきや》さまですなあ。みごとな商いをなさる」

「わたくしなんぞ、まだまだですよ」

褒められた店主が照れた。

「とんでもない。少し前に江戸一番と評判の高い駿河屋さまにお話を持って参りましたが、ただ、ただ高いと言われるだけで、三年先、五年先のことなんぞ考えてもおられてませんでした。あれでは、駿河屋さまの暖簾もいつまで保つか」

「……大谷屋さんは、駿河屋さまにお目にかかったことがあると」

「相手をしてくれたのは番頭だという若い男でしたが、最初の挨拶《あいさつ》と最後の決定は、駿河屋さまがなさってくださいました」

声の変わった店主に、首をかしげながら大谷屋金助が答えた。

「駿河屋さまが話を聞いて断られた」

店主が腕を組んだ。

「……椿屋さん」

黙った店主に、大谷屋金助が怪訝な顔をした。

「申しわけございませんが、この商談はなかったことにしていただきますよう」

「いきなり何を」

頭を下げて告げた店主に、大谷屋金助が唖然《あぜん》とした。

「駿河屋さまが見限られたとなれば、話が変わりまする。どうぞ、お帰りを」

店主が手のひらを返した。

「なにが駄目なのでございましょう。それくらいは教えていただかないと、ただなかったことにでは、納得できません」

大谷屋金助が嚙《か》みついた。

「ううむう」

店主が唸《うな》った。

「……いたしかたないですな」

少しして店主が首を小さく左右に振った。

「駿河屋さんはもとからあれだけ大きかったわけではございませぬ。先代までは、当家よりも小さな御店《おたな》でございました。それを一代で江戸一番と言われるまでに大きくしたのは、今の駿河屋さんです」

「…………」

大谷屋金助がしくじったという顔で黙った。

「その駿河屋さまがお断りになった……」

「いや、直接話をしたのは、駿河屋さまの奉公人で」

あわてて大谷屋金助が首を横に振った。

「そういえば若い番頭さんだったと言われましたね」

「はい。なんでも娘婿の候補だとか」

変わった空気に大谷屋金助が素直に口にした。

「娘婿……祥さまの」

店主が目を剝いた。

「駿河屋さんが、あの祥さまの婿に……いや、あの店の身代《しんだい》を任せるほどの」

「椿屋さん」

呆然《ぼうぜん》とした店主に大谷屋金助が声をかけた。

「ああ、申しわけないことをしましたな。とにかく、お話はなかったことに。もちろん、なにもなしとは言いません。百俵はそちらの言い値でお引き受けいたしましょう」

「……百俵」

大谷屋金助が繰り返した。

江戸へ出てきた経費もそれだけ売れれば、十分に出る。

「わかりました。百俵一度に納めさせていただくことでよろしいな」

「結構でございます」

店主が大谷屋金助の念押しを認めた。

椿屋を出た大谷屋金助は、納得のいかない顔をしていた。

「若造がどうだというのだ」

大谷屋金助が一夜の顔を思い出して、憎々しげに頬《ほお》をゆがめた。

たしかに百俵は売れた。だが、一回限りで取引は終わる。当初、大谷屋金助が考えていた永年の取引は叶《かな》わなかった。

炭は必ず要るものである。煮炊き、暖房、そのほかにも使い道は多い。そして作るためには山さえ持っていれば、ほぼ毎年困ることはない。米のような豊作凶作の波がないのだ。

もちろん、近隣での消費もあるが、山や森の多い下総では、あちこちに炭焼き小屋があり、独占するというわけにはいかなかった。

「江戸に伝手《つて》を作れば、あとは左うちわだと思っていたのに」

徳川家康《とくがわいえやす》が江戸に城下を造った。当初は関東第一の城下町でしかなかったが、徳川家康が天下を豊臣家から奪い取り、征夷大将軍《せいいたいしょうぐん》となった。

こうして江戸は天下の城下町になった。

さらに徳川幕府は、武家諸法度を定め、諸大名の妻子を人質として江戸へ集めた。他にも軍役として参勤交代を義務づけ、大名は一年交替で国元と江戸を往復することになった。

となると江戸にそれだけの屋敷が建つ。

大工、左官、人足などの職人、小僧、手代《てだい》、番頭、女中といった奉公人も江戸へ集まってくる。

まちがいなく江戸は、これからも天下の都として繁栄し続ける。

人が寄れば、消耗品も大量に要るようになる。それこそ、毎年、倍近く消費が増えていく。なかでも炭は必需品であった。

「江戸と取引ができれば、いい儲けになる」

近隣諸国の商人がそう考えるのは当然の帰結であり、大谷屋金助もそのうちの一人であった。

強気の値付けも江戸の需要を考えれば、通ると思ってのものだったが、それをあっさりと一夜に潰された。

それでも永続的な取引ができるとなれば、文句はなかった。多少値引かれたところで、地元で売ることを思えば倍近い儲けを生む。

金を儲け、近隣の同業者をその利益で支配下に置き、より大量の炭を江戸へ送りこみ、店をより大きくする。

「こちらからお願いしたときだけで」

その夢も一夜の一言で消えた。

当たり前のことだが、商いは相手のあることであり、己一人が儲けるなどという甘い話ではなかった。

「これだけの利があるならば……」

相手も納得させて、商いは成り立つ。

「嫌なら、よろしい」

そう言って、こっちの利だけを押しつけることができるときもある。

凶作の年の米、己だけしか扱えない商品があるときなどは、まさに言い値で話は進むが、そうでなければ強気はまずい。

それを大谷屋金助は忘れていた。

江戸では炭が大量に要る。その事象に浮かれた大谷屋金助の失敗であった。

「……あれは」

ふと大谷屋金助が足を止めた。

「あのときの若い番頭」

名前すら覚えていない大谷屋金助が一夜をにらみつけた。

四

一夜は武藤大作と日本橋《にほんばし》へと向かって歩いていた。

「商いの邪魔はせんといてや」

「わかっている」

釘《くぎ》を刺す一夜に武藤大作がうなずいた。

「ええか。商い先まで入ってきたらあかんで」

「なぜだ。拙者《せっしゃ》は殿より、おぬしの警固を命じられておる。側を離れては意味がないだろう」

「はあ」

首をかしげた武藤大作に、一夜が盛大なため息を吐いて見せた。

「あんなあ、取引の場に武藤はんみたいな強面《こわもて》が同席していたら、相手方が萎縮してしまうやないか。わたいは脅しをかけに行くんやないで」

「……それでは警固の役が果たせぬ」

理のある一夜に、武藤大作が引きながらも主張した。

「相変わらず、融通のきかんこっちゃ」

一夜が苦笑した。

「天下の城下町でもっとも繁華な日本橋、刻限は昼前や。こんなときに誰が、わたいを狙うちゅうねん。わたいやなくて、その店に強盗に入るにしてもこんな昼日中、人通りの多い日本橋やで。すぐ捕まるわ」

「むっ」

正論に武藤大作が詰まった。

「素直なのも忠義もええ。どちらも美徳や。しゃあけど、それが尊ばれているのがなぜかを考えや」

「素直に忠義……」

「あと正直と律儀、もう一つ正義も入れとこか」

考え出した武藤大作に一夜が付け加えた。

「よりわからなくなったぞ」

武藤大作が降参した。

「ちいとは考ええや。あきらめが早すぎるわ」

「見切りが早いと言ってもらおう」

あきれた一夜に武藤大作が言い返した。

「剣術馬鹿やなあ、相変わらず」

一夜が苦笑した。

見切りとは、剣術では重要とされる技である。敵の刀がどこまで届くかという間合いの見切り、次に敵がどう攻撃しているかを読み取る技の見切りなど、どれをとっても剣術遣いにとって大切なものばかりであった。

「しゃあないなあ。ええか、なんで尊重されるかっちゅうと、それだけないからや」

「…………」

答えを聞いた武藤大作が息を呑んだ。

「皆が忠義の士やったら、皆が正直やったら、皆が正義を守っていたら……」

「ごくっ」

武藤大作が喉《のど》を鳴らして唾を呑んだ。

「わかったやろ。素直や忠義、律儀が褒められる世がどれだけ危ないか」

一夜が武藤大作を見つめた。

「今はまだええ。武士が重石《おもし》になってるからな。戦のなくなった武士はいずれ気概も力も失うわ。そうなったら、下剋上《げこくじよう》の始まりや」

「下剋上だと。大名が謀反《むほん》を起こすと言うか」

一夜の言い分に武藤大作が驚愕《きようがく》した。

「違う、違う。武士が落ちぶれるというのに、なんで大名が謀反を起こせるねん」

「では、誰が……」

ひらひらと手を振った一夜に武藤大作が訊いた。

「わたいや」

一夜が己の鼻を指さした。

「おぬしが……天下を」

驚いた後、武藤大作が大笑した。

「ふざけるのはやめてくれ」

「……ふざけてへんわ。わたいが天下を取るというのは、ちいと大げさやけどな。武士の次は商人《あきんど》の時代や」

一夜が一度言葉を切った。

「力でものを奪うことが許されへんようになった。御上が天下を押さえていくのに力は不要とした」

続けた一夜に、武藤大作はなにも言えなかった。

「武士は生まれたときから、欲しいものは力ずくで奪ってきた。荘園しかり、女しかり、金しかり。そうやって武士は天下にのさばり、ついには天下人になった。その大元たる力を封じられたら、武士はどないなる」

「どうなると……」

武藤大作が逆に問い返した。

「二つや」

一夜が指を二本立てて見せた。

「一つは飼い慣らされて虎から猫になる」

「牙を抜かれた武士など、それはもう武士ではない」

大きく武藤大作が首を横に振った。

「剣術も要らんなるしな」

一夜もうなずいた。

「もう一つはなんだ」

武藤大作が訊いた。

「暴発や」

「……暴発。謀反が始まると言うのか」

一夜の言葉に武藤大作がふたたび驚愕した。

「謀反もあるかも知れん」

「あるかも……他になにがあると」

武藤大作が首をかしげた。

「牢人一揆《ろうにんいっき》や」

「……牢人一揆だと。そのようなものはあり得ぬ」

強く武藤大作が否定した。

「なんでないと言えるねん」

今度は一夜が尋ねた。

「牢人など、烏合《うごう》の衆だ。一つにまとまることなどない。それに、なにより武器がない。牢人に鉄炮《てつぽう》は扱えん。金がかかりすぎる」

武藤大作が答えた。

鉄炮は一丁三十貫からする。それだけなら先祖の使っていた鉄炮を持っている者もいるだろうが、火薬に金がかかりすぎた。一発撃つたびに数十文かかる。さらに火薬は幕府や大名から禁製品として製造、販売、所持に制限がかけられている。

その日暮らししかできない牢人では、とても扱いきれなかった。

「甘いで」

一夜が低い声を出した。

「なにが甘いのだ」

武藤大作が不満げな顔をした。

「牢人が一揆を起こして、最初にどこを襲う」

「それは米を蔵に抱えている大百姓か、金のある商人だろう」

誰しもが考えることを武藤大作が口にした。

「米を奪って、腹一杯に喰って、商家を襲った金で女を抱く。そんなことをしていたら、半日で藩兵に鎮圧されるわ」

　一夜が鼻で嗤った。

「ええか、牢人が一揆を起こす。それはこれ以上我慢できひんからや。このまま世間の片隅で野垂れ死にするんやったら、逆転をしてくれようと蜂起すんねん。たしかに、米も金も奪うやろう。だが、その前にせなあかんことがある。武器と武具の調達や。柳生の代官所を見てみ。番士が三人、足軽《あしがる》が五人、小者《こもの》が三人。槍が三本、弓が五張り、そして鉄炮が一丁ある。そこを二十人くらいで襲えば、多少の損害は出ても、武器が手に入る。その武器を使って、次はもうちょっと大きな番所を狙う。離れた代官所やったら、陣屋が知るまでに三つくらいは落とせるで」

「…………」

　想像したのか、武藤大作が沈黙した。

「安心しい。柳生は狙われへん。いくら鉄炮があっても、柳生の剣術遣いには無意味や。一発撃って、一人倒したところで二発目は間に合うまい。道場の連中が一気に襲いかかったらそれまでや」

「うむ」

自信があると武藤大作がうなずいた。

「しかし、他の藩はどうやろ。やられるところが多いのと違うか」

「むうう」

武藤大作がうなった。

「最初は百人でもええ。それがどこぞを襲って成功した。そういった噂《うわさ》が飛んでみいな、たちまち二万、三万という牢人が続くで」

「待て、そんなに牢人は多いのか」

一夜の話に武藤大作が嚙みついた。

「それ、本気で言うてんの」

あきれ果てた顔で一夜が、武藤大作に訊いた。

「なあ、但馬守はんが、どんだけの大名を潰したか、勘定してみ。一万石でおよそ百人、陪臣《ばいしん》まで入れると二百人以上が牢人になってるんねんで」

家臣として登録されているのは一人でも、その一人が家士を抱えている。場合によっては十人をこえる家士、足軽を養っているときもある。

「調べたことないんか。徳川はんが天下人になってから潰された大名の数を」

「そのようなことはせぬ。将軍家へ逆らったならば、潰されて当然じゃ」

「さすがは忠義の家柄柳生のご家中や」

一夜が嘲笑を浮かべた。

「淡海っ」

その態度に武藤大作が怒った。

「なあ、それ潰された大名の家中に向かって言えるか」

冷たい眼差《まなざ》しで一夜が続けた。

「先祖あるいは己が死ぬ思いをして手に入れた領地、家禄を奪われた牢人に、おまえの主《あるじ》が悪いんや。恨むなら主君を恨めと言えるか」

「言える」

「…………」

言い切った武藤大作に、かつてないほど冷ややかな顔を一夜が見せた。

「帰り」

一夜が手を振って、武藤大作を無視して歩き出した。

「ま、待て」

武藤大作があわてて後を追ってきた。

「近づくな、人でなし」

肩を並べようとした武藤大作を一夜が拒絶した。

「人でなし……いくらなんでもそれは無礼ぞ」

「人の心を持たない者を人でなしっちゅうんや。どこもまちがえてないわ」

「なぜ、拙者が人でなしだと」

頑《かたく》なな一夜に武藤大作が問うた。

「柳生の者は、少なくとも家が潰れる経験をしているはずや。主家を失い、禄を失い、再興するまでの間、苦労をしてきたんと違うんかい」

一夜が叩《たた》きつけた。

柳生家は、豊臣秀吉のおこなった太閤検地《たいこうけんち》で柳生の庄に隠し田が見つかったとして所領を没収されていた。

その後、柳生但馬守は、黒田長政《くろだながまさ》の紹介で徳川家康に二百石で迎えられるまで浪々の身となった。

徳川家康に仕えたとはいえ二百石ていどでは、かつての家中を呼び戻すことはできず、関《せき》ヶ原《はら》の合戦の功績で旧領回復されるまで、武藤大作の父らは苦汁を嘗《な》め続けた。

一夜はその苦労を忘れたのかと問うたのだ。

「むっ」

「太閤はんの意に染まなかった柳生は潰れて当然、家中の者どもがすべてをうしなったのは、柳生但馬守の親爺《おやじ》石舟斎《せきしゆうさい》が主君たる器量に欠けていたからじゃ。そう嘲弄《ちようろう》されて当然やねんな」

うなった武藤大作に一夜が追撃した。

「それは……」

そこまで言われて武藤大作は気づいた。

「潰されたとき、柳生の家中は誰も太閤はんを恨まなかったと」

「…………」

まさにぐうの音《ね》も出ないという状況であった。

「徳川に潰された者の恨みを甘く見てると、手痛い目に遭うで。とくに御上の先頭に立って大名を潰して回った惣目付はな」

「牢人が御上に逆らえるわけがない」

自分に言い聞かせるように武藤大作が反発した。

「そやから人でなしと言われるんや」

もう一度一夜が武藤大作を罵《ののし》った。

「付いてくんな、二度とわたいの前に顔を出すな」

言い捨てて一夜が足を速めた。

「………」

その後を無言の武藤大作が従った。

「ごめんやす」

一夜は声をかけながら、暖簾を潜った。

「おいでなさいませ」

「昨日、こちらの旦那《だんな》さまにお約束をいただきました、大坂の唐物問屋淡海屋七右衛門の孫、一夜でございまする」

出迎えた番頭に一夜が名乗った。

「伺っておりまする。どうぞ、奥へ」

面談の約束を取っていたことで、話はすんなりと通った。

「………」

武藤大作が店の外で、黙って見送った。

「本日はお忙しいところ……」

「ああ、挨拶はいいですよ。それより上方から回ってきたという品を見せていただきたいですね」

お定まりの挨拶をしかけた一夜を店の主が止めた。

「では、早速に」

一夜が持参した風呂敷包みを解き、なかから桐箱《きりばこ》を取り出し蓋を開けた。

「まずは裏書きをご覧くださいませ」

蓋をひっくり返すと一夜が主の前へ置いた。

「拝見」

一礼して主が蓋の裏書きを見た。

「………」

その間に一夜はなかの茶碗《ちゃわん》を取り出した。

「天王寺屋助右衛門《てんのうじやすけえもん》の裏書き、名は帰帆《きはん》」

裏書きを読んだ主が、一夜の手にある茶碗に目をやった。

「……瑠璃色《るりいろ》のところどころに白い釉薬《ゆうやく》が景色を作っていますな。なるほど帰帆という名前も当然」

「お手にとってご覧ください」

一夜が茶碗を差し出した。

「遠慮なく……うむ。思ったよりも小さい。手のひらになじむ」

「…………」

茶碗を愛《め》でている主が満足するまで、一夜は黙って待った。

「いや、いいものを紹介いただいた。いただこうと思うが、これだけの銘品を手放した理由が知りたい」

直近の来歴を主が求めた。

「はい。手元不如意につきということで、とある西国のお大名が大坂の蔵屋敷を通じて、わたくしどもの店にお持ちこみになられまして」

「そのお大名さまが、どなたかは」

「申しわけございませんが」

銘品を持つ者ほど、外聞を気にする。誰が何を売ったかということが知れると、内情がよくないのだなと一気に広まる。

唐物問屋はそれをわかっている。名前を漏らせば、今度は口の軽いやつだとなって、もう誰も品物を持ちこまなくなる。

一夜が主の求めを拒んだ。

「ふむ。推察するしかありませんか」

「当たっておられても、うなずけませんが」

探りを入れられても答えるわけにはいかないと、一夜は首を横に振った。

「さすがは駿河屋さんのご紹介だ」

主があきらめた。

「二百両でよかったんだね」

「ありがとう存じまする」

一夜が頭を下げた。

「今、持ってこさせよう」

「いえ。お預けをいたしまする」

手を叩いて番頭を呼ぼうとした主を、一夜が止めた。

「預ける……」

「その金で米を買っていただきたく。もちろん蔵敷料《くらしきりょう》はお支払いします」

蔵敷料とは、現物を置いておく蔵の使用代金のことだ。

一夜は怪訝な顔をした主に、そう述べた。

「米を……西国からでた銘品」

そこまで言われて気づかないほど、商家の主は鈍くなかった。

「西国が凶作になる……」

「蔵敷料をまけてくださるならば、もう少し」

目つきを鋭くした主に、一夜が意地悪い顔をして見せた。

「……いいでしょう。二百石となるとなかなか大きいですが、無料にしましょう」

主の決断は早かった。

「この茶碗だけやおまへん。上方の唐物問屋には数十からの茶道具、絵画、名剣が持ちこまれてますわ」

一夜が本来の口調で告げた。

「そちらが本性ですか。結構です。この茶碗三百両でいただきましょう」

主が笑った。

第五章　女の戦い

一

佐夜《さよ》は永和《とわ》の誘いで、淡海屋七右衛門の手伝いをしていた。

「ほう、江戸で一夜の世話を……それはそれは」

淡海屋七右衛門が佐夜を上から下へと繰り返し見た。

「なかなかの別嬪《べつぴん》さんですなあ。一夜は手出ししましたかな」

「……いいえ」

思い切り不機嫌な顔で佐夜が首を左右に振った。

「大坂に待たせている女《おなご》がいると」

佐夜が永和を見た。

「それはええことで。なあ、永和はん」

「わたくしだけならば、うれしいことですけど」

淡海屋七右衛門に水を向けられた永和が苦笑した。

「なかなか一夜も艶福なことじゃ」

「おもしろがることではございません」

永和がすねた振りをした。

「孫がちやほやされるのは、楽しいものよ」

楽しげに淡海屋七右衛門が笑った。

「ところで佐夜はん、おまはんはなにをしに大坂まで来たんや」

淡海屋七右衛門が笑いを浮かべたまま、佐夜に訊《き》いた。

「……柳生家で百石もらいながら、大坂へ戻って商人《あきんど》をするとばかり言われるので、どれほど商いがいいのかと調べに」

「百石……なんとまたけちくさい」

鼻先で淡海屋七右衛門が嘲笑《あざわら》った。

「百石といえば、柳生では家老、陣代に次ぐ、高禄《こうろく》でございまする」

佐夜が反論した。

「柳生は貧しいなあ。まあ一万石ではしかたないか。百石というたら、手取りで五十石か、四十石。金にして四十両から五十両ほどや」

淡海屋七右衛門が笑いを消した。

「一年でそんだけ。うちはそこにある壺《つぼ》を売るだけで三十両、そっちの茶碗《ちゃわん》だと五十両儲《もう》ける。一日で百両稼ぐのも容易や」

「…………」

「おまはんの正体がなんでも、目的がどうでもええ。ただ、一夜のためになるかどうかだけや」

「敵対する気はございません」

淡海屋七右衛門の確認に佐夜が答えた。

「まあ、人も器も同じや。見ているうちにわかるようになる。しばらく、店に留《とど》まったらよろし」

あっさりと淡海屋七右衛門が、佐夜の滞在を許した。

「勝てない……」

一日で佐夜は永和との差に愕然《がくぜん》とした。

言うまでもなく、体術ならば佐夜が圧勝する。殺し合いになったら、永和が気づかないうちに命を刈り取ることができた。

だが、今は商いの手伝いである。

客へ茶や白湯《さゆ》を出すことはできる。しかし、品物の鑑定、算盤《そろばん》の取り扱いなどとても永和には敵《かな》わなかった。

「武家の奥さまは、家中《かちゅう》の奉公人をまとめるのがお仕事だとか。商人の妻は、それ以外に主人が留守のときのお客あしらいもするのですよ」

なんでもないことのように、永和はその言葉通りのことをしてのける。

「いずれ慣れますよ」

淡海屋七右衛門も佐夜には商いを求めていない。

それがわかるだけに佐夜は腹立たしかった。

もちろん、それを表に出すほど、佐夜は浅くはない。永和の一挙一動を目にし、記憶して、それを再現する努力を重ねた。

「佐夜はん、これを鑑《み》てみ」

数日後、佐夜は淡海屋七右衛門から、茶杓《ちゃしゃく》を預けられた。

「……はい」

できないと言えば、負けになる。

佐夜は手のなかの茶杓をじっと見た。

茶杓は茶入れから茶碗へ抹茶を移す道具で、その多くは古竹を削って作られる。どれだけ枯れた竹を使っているか、竹の節を景色に織りこんでいるかなどが善し悪《よあ》しに大きく影響した。

「竹はよく干した古竹ではございません。その場で青竹から削り出したような……節の位置もよいとは申せませんが……なにか、気圧《けお》される雰囲気がございまする」

「ふむ。では、値付けすると」

見た感想を言った佐夜に、淡海屋七右衛門が価値を問うた。

「……わかりません」

しばらく考えて、佐夜が降参した。

「よろし。それが正解や」

淡海屋七右衛門が表情を緩めた。

「これはな、柳生十兵衛《じゅうべえ》さまがつい先日削られたばかりの茶杓や」

「十兵衛さまが」

佐夜が目を剝《む》いた。

「はっきり言うて、売りもんにはならへん。でも、なんともいえん迫力がある。これを茶会で使えば、まちがいなく注目をあびるで」

「十兵衛さまがこちらへ」

楽しそうに茶杓を手にした淡海屋七右衛門に、佐夜が尋ねた。

「十日ほど前かな。ちょっと御用でお見えになってな」

「一夜さまのことでございますか」

佐夜が重ねて質問した。

「そうや。二年でかならず一夜を返すとお約束してくださったわ」

「……まさかっ」

佐夜が驚いた。

「十兵衛はんは、あの獣の長男とは思えんほど頭のええお方や。ちゃんと一夜との正しい付き合い方を知ってはる」

淡海屋七右衛門が十兵衛三厳《みつよし》を褒めた。

「なぜ、一夜さまは柳生家になくてはならぬお方」

「その考えが根本からまちがえてるねん。柳生にとって一夜は要るんやろうけど、一夜にとって柳生は要らん、どころか足かせや」

「淡海屋どの、それはあまりに」

足かせとまで言われては黙っていられない。佐夜が淡海屋七右衛門へ苦情を申し立てた。

「事実や」

「…………」

短く遮られた佐夜が黙った。

「それを十兵衛はんはわかってはる。そやから、できるだけ一夜の負担を減らそうとしてはる」

「そんな……」

「どっちもが得するというのは、なかなか難しいけどな。それでも有無を言わせぬ搾取から、少しましな話をしてくだはった」

淡海屋七右衛門が、佐夜の驚きを流して告げた。

「男女《おんな》の仲も同じじゃで。片方が利を得るだけの関係はもたへん。夫婦というのはどっちも相手を支え合うもんや。一夜はそれに憧《あこが》れておる。いや、希求していると言える。なにせ、夫婦の有り様を見せるべき両親があいつにはおらんかったからな。ばあさんでも生きていれば、儂《わし》らがそれを見せられたんやけど、ばあさんは一夜が産まれる前に死んでしもうた」

辛《つら》そうに淡海屋七右衛門が続けた。

「一夜はないものねだりをしているわけではない。あいつも大坂商人の跡取りや。己の婚姻が店と店との都合で決まることくらい覚悟している」

「それでは望みは叶《かな》わぬと」

佐夜が訊いた。

「夫婦というのは、一緒になってから互いを育てていくもんや。店と店との婚姻でも、よほどの馬鹿女でないかぎり、嫁になる女もわかっている。まあ、そもそも夫婦としての努力をしない女なんぞ、一夜の嫁にはさせんが」

淡海屋七右衛門が答えた。

「ようは、女も寄り添えと」

「そうや。一夜だけ働かせて、己は昼寝しているなんぞ、論外じゃ」

「……………」

最初、一夜の立身を期待して、手を出そうとした佐夜は、なにも言えなかった。

「永和はんは、唐物《からもの》問屋としての目利きを身につけて一夜の手助けをしようとしてはる。須乃《すの》はんは、算盤と勘定で、衣津《いつ》はんは店の裏方を学んで、同じように将来を見据えて頑張ってはる」

淡海屋七右衛門が語った。

「おまはんは、一夜をどうやって支えてくれる」

「……わたしに出来ることは」

訊かれた佐夜が考えた。

伊賀《いが》の女忍は、戦うための体術、閨《ねや》で男を虜《とりこ》にする房術、世間の娘に溶けこむための料理や掃除、裁縫などを叩《たた》きこまれる。

それとは別に、武家の娘、商家の娘などに化けられるように身分に応じた身振りなどを学ぶ。とはいえ、どうしても付け焼き刃に近いものになる。忍《しのび》はあくまでも忍であり、体術を主とするからだ。

「よう考え。儂は一夜に幸せになって欲しいだけなんや。別段、嫁がおまはんでも永和はんでもええと思うている。一夜のことを慈しみ、ともに生きていくことを約束してくれればな」

淡海屋七右衛門が腰をあげた。

「どれ、商談に出てくるわ。佐夜はん、永和はんのまねはせんでええ。永和はんは自分の得手とするところにおまはんを引きずりこもうとしているだけやでな」

「自分の得意なところ……」

「目利きや。永和はんは天性のもんもあるやろうけど、おまはんより三枚方上や。この差を埋めるのは十年ではきかんやろ」

「……十年。そうか、罠《わな》にはめられたか」

気づいた佐夜が表情をゆがめた。

「そんな顔を嫁入り前の娘が見せたらあかん。いくら美形でもその顔を見たら、閨で役に立たんなるで」

淡海屋七右衛門が苦笑しながら、佐夜を窘《たしな》めた。

「……すみませぬ」

すっと表情を佐夜が穏やかなものに戻した。

「ほな」

「お供をさせていただきまする」

商談に出ようとした淡海屋七右衛門に、佐夜が付きそいたいと申し出た。

「わたくしの得手でございまする」

「ええな、その目。付いといで」

堂々と言った佐夜に、淡海屋七右衛門が目を細めて笑った。

二

淡海屋との会談を終えた十兵衛三厳は、江戸へと向かっていた。

「明日には江戸に着く」

十兵衛三厳は悩んでいた。

「藩邸に入るか、外で宿を取るか」

十兵衛三厳が呟《つぶや》いた。

藩邸は、柳生家の嫡男である十兵衛三厳にとって、実家になる。遠慮も要らぬし、食事、洗濯などの手間も要らない。ただ、その動静がすべて父柳生但馬守に筒抜けになる。場合によっては十兵衛三厳の動きが阻害される。

「禁足を命じる」

柳生但馬守に言われれば、嫡男といえども従わなければならなくなる。それでは今回の出府の目的がなしえなくなってしまう。

「外で宿を取るか」

剣の達人として天下に名の知られている十兵衛三厳には、流派をこえた交流を持つ剣術遣いがいる。

「しばし、滞在させてくれ」

「水くさいことを言うな。ずっといてくれていい」

「稽古をしよう、それが宿賃だ」

十兵衛三厳の求めを断る道場主はいない。

まだ戦国の気風は色濃い。他流試合は禁止だなどという決まりはなく、どうやって吾《わ》が技を磨くかを競っている状況にある。

天下に名だたる十兵衛三厳と稽古試合が出来る。たとえ負けようとも、それ以上に得るものがあるのだ。それこそ、どこが十兵衛三厳の宿になるかで、争いが起こっても不思議ではなかった。

「問題は父と上様だな」

十兵衛三厳は家光にきつく意見をしたことで出仕を止められ、江戸にいてはまたぞろ家光の勘気に触れかねないと柳生但馬守が諸国剣術修行に出したことになっている。

別段江戸所払いになったわけではなく、いても捕まるものでもないが、家を守るのに必死な柳生但馬守は、十兵衛三厳が何をしに来たかを気にする。

「屋敷へ来い」

無理矢理屋敷へ連れ帰ろうとするくらいはしてのける。

「やむを得ぬ」

十兵衛三厳は屋敷へ顔を出すことに決めた。

主膳宗冬《しゅぜんむねふゆ》はやり場のない怒りを、道場でまき散らしていた。

「なんだ、その腰つきは」

「今のは避《よ》けられたはずだ」

あきらかに己より劣る連中を相手に、木刀を振るう。

「参った」

「戦場で参ったが通じるか。気を抜くな」

正しいことを口にはしているが、誰の目から見ても八つ当たりであった。

「足運びが悪い」

主膳宗冬は若い弟子の右足を木刀で払った。

「わっ」

出足を高く払われた若い弟子が、盛大にひっくり返った。

「情けない」

若い弟子の首に木刀の先を押しつけながら、主膳宗冬が嘆いた。

「このようなありさまで、柳生新陰流《しんかげりゅう》の門下だと言えるのか」

「荒れておられるの」

若い剣士に追い打ちの言葉をかけた主膳宗冬に、一人の剣士が声をかけた。

「長兵衛《ちょうべえ》か」

主膳宗冬が苦い顔をした。

「一手参ろうか」

長兵衛と呼ばれた剣士が主膳宗冬を誘った。

「いや、遠慮しよう。今日は疲れた」

主膳宗冬が断った。

「弱い者の相手はできるのにか」

長兵衛が嘲笑を浮かべた。

「きさま、いかに一門とはいえ末席の身で無礼であるぞ」

「剣術に一門も嫡流もあるまい。真剣は、区別してくれぬわ」

こめかみに血管を浮かべた主膳宗冬を、長兵衛がさらに煽《あお》った。

「思い知らせてくれる」

主膳宗冬が木刀を構えた。

「退《ど》きなさい」

主膳宗冬に対するのとはまったく違った優しい声で、長兵衛が若い剣士に手を振った。

「須川《すがわ》さま……かたじけなく」

一礼した若い剣士がすばやく道場の壁際へと退いた。

「一手ご教授願おう」

須川長兵衛が木刀を青眼《せいがん》に構えた。

「…………」

無言で主膳宗冬が応じた。

須川長兵衛は、柳生と出自を同じくする大和の豪族の末裔《まつえい》で、曾祖父《そうそふ》が柳生但馬守の父宗厳《むねよし》の娘を娶《めと》り、その娘が嫁いだ先で産んだ長男であった。

早くから柳生新陰流に触れ、その才能を開花させたことで、江戸柳生道場へ招かれ、後進の指導に当たっていた。

その実直な性格や、豪放な気質も柳生但馬守が気に入り、近く娘の一人と婚姻をなすと噂《うわさ》されていた。

「りゃっ」

主膳宗冬が大きく踏み出し、須川長兵衛の小手を打とうとした。

「ふん」

それを木刀の柄ではじき返した須川長兵衛が、反撃として主膳宗冬の頭を狙った。

「なんの」

主膳宗冬が半歩引いて、一撃を避けた。

「甘いわ」

そこから須川長兵衛はさらに一歩踏み出し、外れた一刀をへその辺りで止めると、切りあげるように撥《は》ねた。

「……ぐっ」

柳生新陰流の秘剣竜尾《りゅうび》、上段からの一撃をかわされたとわかった瞬間、振り下ろす勢いを殺し、刀を横にして水平から斜め上へと斬りあげる。手首の使い方に独自の工夫がなされた必殺の剣であった。

それを主膳宗冬はまともに喰《く》らった。

「なんと情けない。このていどで音をあげるとは」

須川長兵衛が主膳宗冬を冷笑した。

「な、なんの」

まだ呼吸は詰まったままだったが、主膳宗冬はなんとか立ちあがった。

「なれば、もう一本」

主膳宗冬のやる気に、須川長兵衛が応じた。

「くらえっ」

構えることなく、主膳宗冬が踏み出して木刀を薙《な》いだ。

「……………」

それを須川長兵衛は、木刀を身体《からだ》の横に立てることで止めた。

「愚か者めっ」

主膳宗冬が嗤いながら木刀をそのまま滑らせるように上へあげ、須川長兵衛の木刀を過ぎたところで袈裟懸《けさが》けに斬り降ろした。

「愚かな」

口のなかで罵《ののし》った須川長兵衛は、尻から落ちるようにして姿勢を低くし、地に座るような姿勢から木刀を突きあげた。

主膳宗冬の木刀が目標を失い空を斬ったとき、須川長兵衛の一閃《いっせん》が届いた。

「ぐえええぇ」

下腹を存分に突きあげられた主膳宗冬が、かがみ込んで嘔吐《おうと》した。

「怒りに任せての剣は、術にあらず。ただの無理でござる」

腰をあげた須川長兵衛が、主膳宗冬を諫《いさ》めた。

「腹立たしい思いを弟子にぶつけなさるな。いらだつなら、それが収まるまで素振りをなされ。一万も振れば、どれほどの怒りであろうとも小さなことだとわかりますゆえな」

「…………」

諭すように言った須川長兵衛は、主膳宗冬の返事など求めず、道場での稽古に戻っていった。

「剣では長兵衛に勝てず、家の役にたつことでは一夜に及ばず。吾《われ》はどうすればよいのだ」

道場の隅で、ほったらかしにされた主膳宗冬が涙を流した。

一夜は数軒の富商を回って、千両をこえる金を手にした。

その金をすべて、米に換えた一夜は、武藤大作を相手にせず、駿河屋へと戻った。

「ただいま」

「お帰りなさいませ」

店の表ではなく、脇の勝手口から一夜は駿河屋へ入り、女中の出迎えを受けた。

「あのう、淡海さま」

「うん」

裾《すそ》と足袋《たび》に付いた砂埃《すなぼこり》を払っていた一夜に、女中が戸惑いの声をかけた。

「外のお方は……」

「ああ、気にせんとって。なんもせえへんし、六つ（午後六時ごろ）を過ぎたら、いいひんなるから」

一夜は手を振った。

「ところで駿河屋はんは」

「奥におられまする」

「お邪魔してもええかどうか、訊いてきてくれへんか。部屋におるよって」

「はい」

女中が一夜の頼みを受けた。

「……さて、今日のことを武藤はんは、どう報告するかやな」

一夜が小さく笑った。

話しかけることもできず、ただ一日一夜の跡を付いて回っただけの武藤大作は、肩を落としつつ、柳生家上屋敷への帰途に就いた。

「お武家さま」

その武藤大作に、大谷屋金助が近づいて呼び止めた。

「なんだ」

武藤大作が大谷屋金助を見た。

「少しお話をさせていただきたく」

「拙者に用はない」

大谷屋金助の求めを武藤大作が一蹴した。

「先ほどのお方の話だとしても」

「…………」

武藤大作は疑わしい顔で、大谷屋金助の話の真偽を図った。

「一夜さんのことで」

大谷屋金助が必死で思い出した一夜の名前を出した。

「……わかった」

武藤大作が承知した。

「あまり遅くなってはお困りでしょう。そこの路地で」

武家の門限破りは厳しい。大谷屋金助が気遣う振りをして、人気《ひとけ》のないところへと誘った。

「ここらでよろしいですかな」

「どこでもよい。さっさと話せ」

辻《つじ》の陰へ隠れるところで足を止めた大谷屋金助に、武藤大作が急《せ》かした。

「あなたさまは、失礼ながらあのお人の用心棒で」

「用心棒……そのようなものだ」

大谷屋金助の問いに武藤大作が応じた。

正確には見張り兼警固ではあるが、相手が何者かわかっていないときに、柳生家のものだというのを含めて告げるべきではない。

「一日おいくらで雇われておられますか」

「日雇いではないのでな。月に二両」

武藤大作が適当な金額を口にした。

「二両とはずいぶんよろしいお金でございますね」

大谷屋金助が驚いた。

人足が一日普請場《ふしんば》で荷運びをして、一日百二十文から百五十文にしかならない。月に二両は、一日あたりにすると、およそ二百六十七文になった。

「で、それがどうした」

「もっといい金儲けがございますが」

機嫌悪げに問うた武藤大作に、大谷屋金助が口の端を吊《つ》りあげた。

「……金儲け」

武藤大作が怪訝《けげん》な顔をした。

「ええ。一日で三両払いましょう」

「三両……」

指を三本立てた大谷屋金助に武藤大作が驚いた。

「なにをしろと」

「ほんの少し、あの人から離れていただきたいのでございますよ」

大谷屋金助が武藤大作の質問に答えた。

「大金をお持ちでしたな、あのお方。日本橋の米問屋奥州屋《おうしゅうや》さんへ行かれるまで」

「よく知っているな」

武藤大作が目を見開いた。

「これでも商人でございますから。大金を持っている商人がどのような姿勢になるか、目配りがどうなるかもわかっております。あれは五百両以上と見ました」

「むっ」

「どうやら当たったようでございますな」

大谷屋金助が笑いを深くした。

「それを奪う気か」

ここまで来れば子供でもわかる。武藤大作の表情が険しくなった。

「…………」

それに大谷屋金助は無言で肯定した。

「なぜ一夜を狙う」

「あいつのお陰で数千両になるだろう取引が駄目になったんですよ」

大谷屋金助が憎々しい声で告げた。

「一夜がそのようなことを」

「駿河屋総衛門の娘婿とか自慢しやがって」

驚愕《きようがく》した武藤大作に大谷屋金助が述べた。

「……駿河屋の娘婿。それはあるまい」

「なぜそう言える」

「他に女がいると聞いたことがある」

疑わしげな目をした大谷屋金助に、武藤大作が噂だと逃げた。

「どこの女だ」

「そこまでは知らぬ」

「ふん。まあいい。どうせ、駿河屋の娘婿にはなれぬのだからな」

大谷屋金助が嘲笑した。

「で、いつだ」

武藤大作が決行日を尋ねた。

「すでに他の手配はすんでいる。明日だ。金をもっとも持っている帰りがけ、日本橋の米問屋へ行く寸前がいいだろう」

「日本橋でいいのか。人通りが多いぞ」

東海道《とうかいどう》の起点でもあり、江戸の中心となっている日本橋は、夜明け前から日が暮れるまで人気が絶えない。そんなところで騒動を起こせば、あっという間に町奉行所に知られる。

「町方が出張《でば》ってきたら面倒だぞ」

町奉行所の与力、同心は日本橋の大店《おおだな》たちから気遣いという名目で節季ごとに金をもらっている。いわば金主の集まっている日本橋なのだ。そこで強盗など起きては面目が丸つぶれになる。

「さっさとやってしまえば、町方が来る前に逃げ出せますよ。あなたさまも加わっていただければ、もっと簡単なんですがね」

「冗談を言うな。三両くらいでお手配人になってたまるものか」

武藤大作が手を振った。

「いたしかたございません」

手出しをしないと宣《せん》した武藤大作を、大谷屋金助が受け入れた。

「で、金はいつ」

「終わってからで」

「なかった話だな」

武藤大作がすっと背を向けた。危ない橋をただで渡る馬鹿はいない。

「……今二両、現場で一両」

嫌そうに大谷屋金助が分割を申し出た。

「いたしかたないな」

振り向いた武藤大作が手を出した。

三

柳生家上屋敷へ帰った武藤大作は、すぐに柳生但馬守に目通りを願った。

「無駄な挨拶は不要。あやつはどういたしていた」

書院に入るなり、柳生但馬守が言った。

「一日、商いに出向いておりました」

「商いだと……」

「聞けば、大坂の淡海屋から茶器をいくつか送ってもらったようで、それを江戸の大店に売りつけておりました」

「どれくらいになった」

「詳細はわかりませぬが、千両近いと」

「千両……その金はどうした」

柳生但馬守が身を乗り出した。

「どうやら、日本橋の米問屋に預けたようでございまする」

「一夜の金ならば、当家のものじゃ。明日にでも返還を求めるとしよう」

武藤大作の返答に、柳生但馬守が告げた。

「お止《や》めになったほうがよろしいかと」

「なぜじゃ。一夜は吾が子ぞ」

首を左右に振った武藤大作に、柳生但馬守が怪訝な顔をした。

「一夜どののことでございまする。当家に取りあげられぬよう、手を打っているかと」

「そのようなもの、どうにでもなる」

柳生但馬守が武藤大作の助言を拒んだ。

「…………」

それ以上、武藤大作は言わなかった。明日も武藤大作は一夜の跡に付いて回る。つまり、日本橋の米問屋へ向かって、赤恥を掻《か》かされるのは別の者の役目になる。

「他にはなにかあるか。なければ下がってよい」

柳生但馬守が念のためにといった感じで訊いた。

「もう一つ。先ほど……」

大谷屋金助との会話を武藤大作が語った。

「……ほう。一夜を襲うか」

おもしろそうに柳生但馬守が繰り返した。

「いかがいたしましょう」

「いよいよ一夜に危難が迫るまで放置しておけ」

「よろしいのでございますか」

武藤大作が驚いた。

「いざというところでそなたが手助けに入れば、あやつも柳生のありがたみをわかろう。いや、柳生に感謝するはずだ」

「はあ……」

一夜が柳生但馬守を見限っているのを武藤大作はわかっている。

「多少の傷なら良いが、大怪我《おおけが》はさせるな」

「それまでに介入してはいけませぬか」

「ならぬ。一夜に身の危険を感じさせることが、肝心なのだ」

尋ねた武藤大作を柳生但馬守が制した。

「わかったな。下がれ」

これで終わりだと柳生但馬守が手を振った。

翌朝、武藤大作は駿河屋の勝手口から出てきた一夜の後ろに付いた。

「…………」

一夜は武藤大作をいない者として扱った。

「おはようさんで」

今日の一夜は、風呂敷のなかに一つだけしか茶道具を入れていなかった。

「これはっ」

武藤大作が屋敷を見上げて絶句した。

一夜が軽い挨拶だけでなかへ入ったのは、堀田加賀守の上屋敷であった。

「やはり、一夜は堀田加賀守さまと付き合いがある」

名乗りもせず、門番への挨拶だけで屋敷へ入れる。これはよほどの関係にならなければ出来ないことであった。

「今は五つ（午前八時ごろ）を半刻《はんとき》（約一時間）ほど過ぎたところか。まだ老中は出務していないが、登城前の忙しいころに目通りが叶うのか」

武藤大作が首をかしげた。

門番に屋敷の裏口から入るのを止められることなく通過した一夜は、そのまま堀田加賀守の居室へと急いだ。

「淡海か。今日は早いの」

ぎりぎりまで執務をしている堀田加賀守が、一夜に気づいた。

「少し、お耳に入れた方がよいかと」

一夜が廊下で荷ほどきをした。

「茶碗か」

「はい」

堀田加賀守の確認に、一夜がうなずいた。

「これがどうした」

「献上仕《つかまつ》ろうと」

「余にか」

「さようでございまする」

確かめた堀田加賀守に一夜がうなずいた。

「見せよ」

堀田加賀守が桐箱《きりばこ》を開けた。

「これはいいものなのか」

茶道具には詳しくないと堀田加賀守が尋ねた。

「どこへ出されても恥ずかしくはないかと」

一夜が保証した。

「なるほど」

もう一度堀田加賀守が茶碗をじっくりと見た。

「ずいぶんと軽いの」

「磁器でございますれば」

「……磁器といえば、鍋島《なべしま》が作っておると聞いた」

「ご存じでございましたか」

一夜は、堀田加賀守がそこまで知っていたことに感心していた。

「どこの大名がなにに力を入れているかは、執政《しっせい》として把握しておかねばならぬ」

当然のことだと堀田加賀守が返した。

「で、なぜ佐賀《さが》の茶碗を余に……」

「…………」

黙って一夜が微笑《ほほえ》んだ。

「ほう、謎かけか。やはり意味があったのだな。そなたは商人だと言った。その商人が見返りもなしにものをくれるはずはない」

　楽しげに堀田加賀守が告げた。

「……これはどこから手に入れた」

「実家《さと》の淡海屋からでございまする」

「そなたの生まれは大坂であったの。ふむ」

「祖父の話によりますると、ここ最近、西国の出物が上方《かみがた》に集まってきておるようでございまする」

「……そういうことか」

　一夜の話を聞いた堀田加賀守が理解した。

「それを余に報《しら》せて、どうしたい」

「一儲けさせてもらいたいだけでございまする」

　堀田加賀守の問いに一夜が答えた。

「邪魔をするなと申すのだな」

「江戸への廻米《かいまい》を早めになさるべきかと」

一夜が堀田加賀守の質問を流し、代わりに提案した。

徳川幕府はおおよそ二百万石余りを領地としている。それらのうちの多くが、物成りのいい西国、中国に在していた。

「代官どもはまだなにも申してきておらぬというに、商人の耳の早さよ」

堀田加賀守が嘆息した。

「代官方は、凶作と決まるまで報告を渋りましょう。凶作は天の都合、己の責任ではないとはいえ、やはりなんとかできなかったのかという責めはございましょうし」

「それはわかるが、それでは御上《おかみ》は後手に回るしかなくなる」

かばった一夜に堀田加賀守が苦い顔をした。

「一揆が起こると考えておるのか」

早めに米を江戸へ送らせるべきだと言った一夜の助言に、堀田加賀守が確かめるように訊いた。

「わかりませぬが、飢えは厳しいものだと聞き及びまする」

「九州か。となると松倉《まつくら》あたりが危ない」

茶碗の礼というか、凶作を報せてきたことへの礼なのだろう。堀田加賀守が大名の名前を口にした。

「………」

　一夜は聞こえない振りをした。

「では、わたくしはこれで」

　用はすんだと一夜は辞去を告げた。

「ご苦労であった。ああ、そうじゃ。勘定方が喜んでおったぞ。台所の無駄遣いがなくなったと」

「お役に立てば幸いです。ああ、兄のことはどうなりましょう」

　堀田加賀守が付け加えてくれたのに便乗して、一夜は左門友矩のことを問うた。

「上様がことのほかお喜びになられての」

　堀田加賀守が皮肉げに顔をゆがめつつ続けた。

「ただの、但馬守に知られずというのが難しい。知られても但馬守が、左門の任官を拒まぬといった役目も見当たらぬ」

　小さく堀田加賀守が首を横に振った。

「とはいえ、左門を手元に取り戻せるとお考えの上様は、ご機嫌よいがの」

「しばらくときは稼げそうだと」

「うむ」

堀田加賀守が首を縦に振った。

「だが、上様はご短気であらせられる」

「…………」

一夜はなにも言えなかった。合意すれば家光を軽く見ていると思われ、否定したらおまえに上様のなにがわかると叱られかねない。

「そう長くは保《も》たぬ」

「やれ、では、わたくしが柳生まで行かねばなりませぬな」

今度は一夜がため息を吐《つ》いた。

「頼む」

「こちらから申し出たことでございますので、否やはございませんが、一つお願いが」

「なんだ。旅費ならば用意させる。警固が要るなら出そう」

一夜の言葉に、堀田加賀守が条件は叶えると言った。

「金も警固も要りませぬ。上様に左門はんへのお手紙をいただきたく」

「上様の手蹟……」

「中身はなんでも結構です。ただ、最後にふたたび会うためには、柳生から独立しなければならぬとお記しいただきたく」

ためらいを見せた堀田加賀守に、一夜が願った。

「別家や分家ではなく、新規お召し抱えとすると」

「はい。そうせずば、柳生家の干渉は防げませぬ」

一夜が首肯《しゅこう》した。

「それが、先だって申したやりようとやらか」

堀田加賀守が、興味をもって身を乗り出した。

「さようで」

一夜が笑みを浮かべた。

「どうするのだ」

「左門に松平の姓を下賜していただく」

「……っ」

さすがの堀田加賀守も絶句した。

松平は徳川家康がかつて名乗っていた姓である。松平は賀茂《かも》氏の流れを汲《く》むとしていたが、それでは幕府は開けない。幕府を開くのは源氏《げんじ》に限るという慣例があるからだ。そこで家康は先祖とも言えない遠縁の得川《とくがわ》家の名跡を継いだ形にし、さらにそこから音の等しい世良田《せらだ》源氏の末裔《まつえい》とされている徳川へと名を変えた。

そのため、松平とはいえ徳川の跡継ぎにはなれなくなったが、それでも一門としての名はある。

「松平の名跡を許す」

功績のあった者、あるいは謀反《むほん》されては困る外様大名などに、将軍家は松平の名字を与え、形だけの親族として取りこんだ。

その前例を一夜は使えと言ったのである。

「無茶を申す」

堀田加賀守が苦渋に満ちた顔をした。

「加賀守さまでさえ下賜されていません」

「…………」

心のうちを見抜かれた堀田加賀守が黙った。

「大事ございません。これは上様から左門への私信のなかに書かれるだけで、表沙汰《おもてざた》にはしません」

「密約だと」

「そうでございます。上様と左門だけの約束。公約ではないのです」

「ふうむ」

少し堀田加賀守が考えた。

「松平の名前は重い。たとえ但馬守が左門を分家扱いとして、無理矢理したがわせようにも、左門が松平であれば、口出しするなど論外、それこそ、左門を本家として但馬守が従わなければなりますまい」

「たしかにの」

堀田加賀守が同意した。

「表だって松平の姓をと言えば、まちがいなく但馬守は、保科肥後守《ほしなひごのかみ》さまの例を出して断ろうとするはずです」

山形藩《やまがたはん》主保科肥後守正之《まさゆき》は、家光の異父弟で老中ではないが執政として活躍している。その保科肥後守は家光が松平の姓を与えると言ったのを、身に余る光栄だが一代の間は引き取ってくれた養父である保科正光《まさみつ》への遠慮があると固辞していた。

これが松平の姓の下賜を拒めるという前例になった。

「だから私信とするか。私信といえども将軍家のご意志じゃ。潰《つぶ》すのは難しい」

「問題は、松平の姓を下し置かれるほどの功績が左門にはございませぬ」

「上洛供奉の功績は二千石の加恩で終わっておるからの」

堀田加賀守が表情を真剣なものへと変えた。

家光の寵童《ちょうどう》として、側《そば》から離されることのなかった左門友矩に、手柄の立てようはなかった。

「あとは、将軍さまが左門に堂々と松平の名乗りを与えるだけの口実を作ればいい」

「それをそなたがするのだな」

堀田加賀守が確かめるように訊いた。

「わたくしは伝えるだけ」

「伝えるだけ……とはよく言う」

一夜の言葉に堀田加賀守が苦笑した。

「何役をさせるつもりだ」

「九州巡見使」

堀田加賀守の問いに一夜が答えた。

四

十兵衛三厳は、江戸に入っていた。

ただ、直接柳生家の屋敷ではなく、親しい剣術道場に草鞋《わらじ》を脱いでいた。

「無知な状況で、屋敷に入るのはまずい。地の利をしっかり調べてからでなければならぬ」

剣術遣いとしての心得、その一つに地の利をわきまえてから戦うというのがあった。戦いの場がどこで、どのようになっているかを調べるのが、勝利への道だと十兵衛三厳はわかっている。

知人の道場で気の向いたときに稽古を付け、それ以外のときは屋敷の動静を十兵衛三厳は探った。

「……一夜の姿がない」

数日で十兵衛三厳は一夜の不在に気づいた。

「どこに行った」

一夜が柳生家の屋敷にいない。それが何を意味するかを十兵衛三厳は考えた。

「堪忍袋の緒が切れたか。それとも殺されたか」

十兵衛三厳が独りごちた。

「言うことを聞かぬ一夜に父が切れたか、父に頼られている一夜に主膳が嫉妬したか」

十兵衛三厳は己の家族の性格をよく見抜いていた。

「もし、一夜が死んでいれば……柳生は潰される」

大坂商人の武器は金であり、今の幕府にとってもっとも脅威となる大砲であった。

「金貸しまひょか」

この誘いに、首を左右に振れる大名はいくらもいない。

借りてしまえば、返せなくなる。

「日延べせい」

まず大名は二年ほどはなんやかんやと言いわけを並べて、返済の期日を延ばす。

このとき、利子が増えることを武士は理解していない。それも一年ごとの複利なのだ。

あっという間に借財は倍に膨れあがる。

「話が違うではないか」

数年先に新たな証文との書き換えを求められたとき、大きく膨れあがった借財に気づくが、すでに手遅れである。

「評定所に」

「待ってくれ……」

こうなると武士は弱い。

刀を振り回してどうにかなるものではない。

すでに世は力ではなく、法と秩序で支配されている。力尽《ず》くで借金を踏み倒すなどとなれば、今度は家が幕府に蹂躙《じゅうりん》される。

三年で諸大名は大坂の商人の飼い犬に落ちる。

「柳生家との付き合いを止めておくれやす」

この頼みを大名は拒めない。

「当家領の通行をご遠慮願おう」

近隣の大名からこう言われるだけで、柳生家は身動きが取れなくなる。

「柳生の米を扱わんとっておくれ」

そこに大坂商人同士の繋《つな》がりを利用した追撃がくわえられたら、もう終わりである。

淡海屋七右衛門に頼まれた北浜《きたはま》の米問屋が、柳生の米を買わなくなる。

ならば江戸へ米を運ぼうにも、内陸の柳生の庄から海に出ることも叶わなくなってくる。

米があっても売れず、江戸で消費することもできない。

「それを父はわかっていると思いたい」

十兵衛三厳が嘆息した。

「……あれは」

ふと人通りのなかに見知った影を十兵衛三厳は見つけた。

「やはり、大作だ」

柳生但馬守に命じられて一夜を大坂まで迎えに行き、その後柳生の庄を経て江戸まで連れてきた家臣である。

「一点から目を離さぬな」

十兵衛三厳は武藤大作の様子がおかしいことに気づいた。剣術遣いというのは、山の中であろうが繁華な町中であろうが、周囲への警戒を怠ることはない。

「大作の見ている先は……あれは一夜か」

一瞬、商人の姿になっている一夜を見逃しかけた十兵衛三厳だったが、すぐに見抜いた。

「みょうな間合いよな。警固をするにしては離れすぎ、跡を付けているには近すぎる」

十兵衛三厳のなかの違和感が一層強くなった。

「…………」

気配を消した十兵衛三厳が、武藤大作へと近づいた。

「大作、なにをしておる」

「……十兵衛さま」

背後から不意に声をかけられた武藤大作が跳びあがるようにして振り向き、相手が十兵衛三厳とわかった途端緊張を緩めた。

「そなたらしくもない。普段ならば、吾が近づく前に気配を感じていたろう」

「恥じ入りまする」

十兵衛三厳に叱られた武藤大作が悄然《しようぜん》となった。

「なにがあった」

「……………」

問うた十兵衛三厳に、武藤大作がためらった。

「言えぬのか。父の指図だな」

「……………」

十兵衛三厳の追及にも武藤大作は応じなかった。

「話せるだけでいい。一夜のことを聞かせよ」

厳しい声で十兵衛三厳が武藤大作に求めた。

「江戸に着いてから……」

武藤大作が一夜のことを語った。藩邸出入りの商人を入れ替え、大名立身祝いに堀田加賀守が仕掛けた罠を防ぎ、藩邸では邪魔が入るとして駿河屋に寄宿したこと、呼び出しに応じて堀田加賀守の屋敷へ出向き、以降何度も会っていることなどを語った。

「家を潰したいのか、発展させたいのか……父はどうしても一夜を認めたくないようだ。ならば召し出さねばよいものを。二度と潰されたくないという思いがそうさせたのだろうが……」

大きく十兵衛三厳がため息を吐いた。

「十兵衛さま」

「一夜に任せたなら任せておけばいい。真剣勝負の最中に、柄《つか》の握りはもっと強くだとか、振りかぶる太刀の高さはもっと低くだとか、指示を出し続けてみろ、勝てる試合にも負けるわ」

「……はい」

あきれた十兵衛三厳に、力なく武藤大作が首肯した。

「一夜もそうだ。まだ若いから反発する。父の言葉になど、表向きうなずいていればいい。実際に従うかどうかは、一夜の胸三寸なのだ。ときどき小判でも見せてやれば、父は納得するだろうに」

十兵衛三厳が一夜と柳生但馬守の両方を非難した。

「……ん」

そこまで言ったところで、十兵衛三厳が目をすがめた。

一夜は十兵衛三厳が合流したことに気づいていなかった。振り向けば捨てられた犬のような顔をした武藤大作の顔を見ることになる。それをすると己も大人げないと自己嫌悪に陥るからであった。

「おい」

「待ちな」

日本橋まであと少しというところで、一夜の前に無頼が立ちはだかった。

「へえぇ。江戸はこんな賑《にぎ》やかなところでも強盗が出るんや」

一夜は怯《おび》えるでもなく驚いて見せた。

「懐《ふところ》のものを出せ。そしたら命までは取らないでおいてやる」

無頼が懐から匕首《あいくち》の先を覗《のぞ》かせて、一夜を脅した。

「懐にあるもん……なんもないわ」

一夜が懐を探り、その手を見せた。

「嘘《うそ》をつけ、千両持っているはずだ」

「すべてわかったうえで、襲っている。隠すと長生きできんぞ」

右手から近づいてきた牢人《ろうにん》が口にした。

「へええ、千両ねえ」

一夜が口の端をゆがめた。

「千両がどれだけの重さがあるか、知ってまんのか」

「…………」

「おい、知っているか」

無頼たちが顔を見合わせた。

「小判一枚がおよそ四匁《もんめ》八分（約十八グラム）や。それが千枚やと四千八百匁（約十八キログラム）になんねんで。ほれ、持っているように見えるか」

重さを教えてから、一夜が跳びはねた。

「ないやろ」

一夜が笑った。

「…………」

無頼たちがふたたび顔を見合わせた。

「余得はなしか」

牢人が落胆しながら、太刀を抜いた。

「……余得。へええ」

白刃を前にしても一夜は余裕であった。

「恨むなよ。おまえに傷を付けてくれと頼まれているのでな」

「阿呆《あほ》でっか。意味もなく斬られて、恨まんやつがいてますかいな」

牢人の言葉に一夜が鼻で嗤《わら》った。

「よくさえずる」

牢人の眉間《みけん》に血管が浮いた。


一夜に無頼が迫っても、武藤大作は動かなかった。

「……そういうことか」

十兵衛三厳が武藤大作を蔑《さげす》んだ目で見た。

「…………」

武藤大作がうつむいた。

「父の命か。一夜を死なせると」

「……いえ。ぎりぎりになったところで助けろ。そうすれば一夜も感謝するだろうと」

「もういい。家臣としては正しいが、剣術遣いとしては最低だな。大作、おまえの柳生新陰流は今死んだぞ。いいか、二度と一夜に近づくな。次に見かけたならば斬る」

十兵衛三厳が武藤大作を見捨てた。

「どれ、手助けするか」

すっと十兵衛三厳が間合いを詰めた。

「右手一本もらおう」

「算盤がでけへんなるんで、お断り」

斬りかかってきた牢人をからかいながら、一夜が右へと避けた。

「ちっ」

外れた一刀を引き戻して、牢人が水平に薙いできた。

「手と言うたのに腹はあかんて」

それも一夜は半歩引くことでかわした。

「こいつっ」

怒った牢人が、立て続けに太刀を振るったが、そのすべてが空を斬った。

「わかりやすいなあ、おまはんは」

息を荒くしている牢人に、一夜が嘲笑を浴びせた。

「どこを狙うかをずっと目で見てたらあかんやろ。あと斬りかかる前に息を止めてる。それだけ読めれば、犬でも逃げられるわ」

「なにっ」

一夜の挑発に牢人が激発した。

「死ね」

「…………」

さすがに一夜の余裕もなくなった。

「きえええ」

真っ向から来た一撃が一夜を襲った。

「……あかんなあ。止まって見えたわ」

一夜が首を横に振った。

「十兵衛はん、左門はんの二人に比べたら、鷹《たか》とかたつむりやなあ」

「比べるな、一夜」

感想を述べた一夜に、十兵衛三厳が苦情を入れた。

「えっ、十兵衛はん。いつ江戸へ」

一夜が十兵衛三厳の登場に目を剝いた。

「なんだ、おまえ。邪魔をするなら……」

「黙ってろ」

牢人が脅しをかけようとしたのを、十兵衛三厳が威で押さえつけた。

「ひっ」

十兵衛三厳から本気の殺気を浴びせられた牢人が腰を抜かした。

「おおきにと言うところですかいな」

「礼は言わないでくれ。申しわけない」

一夜の礼を十兵衛三厳が断った。

「ああ、武藤はんのことでっか」

警固ならば、無頼が前をふさいだ段階で割って入らなければならない武藤大作が、近づいても来なかった。

「但馬守でんな」

敬称を一夜は付けなかった。

「すまん」

「別段よろし。このぶんはしっかり柳生から取り立てますよって」

頭を下げた十兵衛三厳に一夜が手を振った。

「…………」

十兵衛三厳がなんとも言えない表情になった。

「一度引き受けた仕事でっさかいな。収入は増やしまっさ。支出の締めはここまでで止めますけど」

「一夜……」

冷たい一夜の態度に、十兵衛三厳が絶句した。

「十兵衛はんは、江戸へ帰ってきはったんでっか」

「いや、一夜のことが気になっての」

もう一度一夜に尋ねられた十兵衛三厳が、大坂で淡海屋七右衛門に会ったことを語った。

「お爺《じい》はんに会いはったんや。元気にしてましたか」

「ああ、意気軒昂《けんこう》であったぞ。あと、永和どのとも話をした」

頰《ほお》を緩めた一夜に十兵衛三厳が付けくわえた。

「永和はんが……」

「唐物問屋の嫁になるための勉強だそうだ。なかなか肚の据わった女であったな。話はしなかったが他に須乃どののもいたな」

「須乃はんも、ありがたいなあ。皆、お爺はんのことを案じてくれてる。やっぱり上方はええわ」

十兵衛三厳から教えられた一夜が感動した。

「そういえば、強請《ゆすり》も来ていたぞ」

「強請……別に珍しいことやおまへん」

一夜があっさり流した。

「西国の某大名家の留守居役だと名乗って、茶入れを持ちこんでいたが……」

「……西国ちゅうたら、九州」

一夜が引っかかった。

「こらあ、ほんまに危なそうやな」

「どういう意味だ」

十兵衛三厳が一夜に訊いた。

「ここで話せることやおまへん。とりあえず、今日のところは別れまひょ。わたいがどこにいてるかは聞きはりましたやろ。駿河屋さんに話通しときますよって、五日ほどしたら訪ねておくれやす」

「五日だな」

「それまでには揃《そろ》いますやろ」

「なにが揃うと」

一夜の発言に十兵衛三厳が怪訝な顔をした。

「江戸を離れるために要るもんです」

「どこへ行く」

十兵衛三厳の目が鋭くなった。

「柳生の庄」

一夜が告げた。


大谷屋金助は呆然《ぼうぜん》としている武藤大作に近づいた。

「誰ですか、あのお武家さまは」

声を潜めた大谷屋金助が問うた。

「柳生十兵衛さまだ」

「……柳生さま」

聞いたことがないと大谷屋金助が首をかしげた。

「知り合いでしたら、止めてもらわないと困ります」

「止められるお方ではない」

武藤大作が首を横に振った。

「無駄金使っただけだったとは」

「命があっただけましだと思え。見ろ、あの牢人を」

嘆息した大谷屋金助に武藤大作が言った。

「牢人……」

指さされて振り向いた大谷屋金助が息を呑んだ。

牢人は十兵衛三厳の殺気で腰を抜かしただけでなく、気を失い失禁までしていた。

「醜態を晒《さら》していたのは、おぬしかも知れんぞ。あれこそ天下の、いや王者の剣」

「………」

大谷屋金助が沈黙した。

「いや、もっとも醜態を晒したのは、吾だな」

武藤大作が力のない声で呟《つぶや》いた。

小学館文庫
好評既刊

勘定侍 柳生真剣勝負〈一〉
召喚

上田秀人

ISBN978-4-09-406743-9

大坂一と言われる唐物問屋淡海屋《おうみ》の孫・一夜は、突然現れた柳生家の者に御家を救えと、無理やり召し出された。ことは、惣目付《そうめつけ》の柳生宗矩《むねのり》が老中・堀田加賀守《かがのかみ》より伝えられた、四千石の加増にはじまる。本禄と合わせて一万石、晴れて大名となった柳生家。が、大名を監察する惣目付が大名になっては都合が悪い。案の定、宗矩は役目を解かれ、監察される側に立たされてしまう。惣目付時代に買った恨みから、難癖をつけられぬよう宗矩が考えた秘策が一夜だったのだ。しかしなぜ召し出すのが商人なのか？　廻国中の柳生十兵衛も呼び戻されて。風雲急を告げる第１弾！

小学館文庫
好評既刊

勘定侍　柳生真剣勝負〈三〉
画策

上田秀人

ISBN978-4-09-406874-0

大坂商人から柳生家の勘定方となった淡海《おうみ》一《かず》夜《や》。当主の宗矩《むねのり》から百石を毟《むし》り取り、江戸屋敷で暮らしはじめたのはいいが、ずさんな帳面を渋々改めているなか、伊賀忍の佐夜を女中として送り込まれ、さらには勘定方の差配まで任される始末。そのうえ、温かい飯をろくに食べる間もなく、柳生家出入りの大店と商談しなければならないのだ。一方、老中の堀田加賀守《かがのかみ》は妬心を剝き出しに、柳生の国元を的にする。他方、一夜の祖父・七右衛門は、孫を取り戻すべく、柳生家を脅かす秘策を練る。三代将軍・家光も底意を露わにし、一夜と柳生家が危機に陥り……。修羅場の第三弾！

小学館文庫
好評既刊

勘定侍 柳生真剣勝負〈四〉 洞察

上田秀人

ISBN978-4-09-407046-0

女中にして見張り役の伊賀忍・佐夜を傍に、柳生家勘定方の淡海《おうみ》一夜《かずや》は、愚痴りながら算盤《そろばん》を弾いていた。柳生家が旗本から大名となったお披露目に、お歴々を招かねばならぬのだ。手抜かりがあれば、弱みを握られてしまう宴席に、一夜は知略と人脈を駆使する。一方、柳生家改易を企み、一夜を取り込まんとしたが、失敗に終わった惣目付の秋山修《あきやましゅ》理亮《りのすけ》は、ある噂を耳にし、再び甲賀組与力組頭の望月土佐を呼び出す。さらに柳生の郷では、三代将軍家光が寵愛する友矩《とものり》に、老中・堀田加賀守《かがのかみ》が送り込んだ忍の魔手が迫る！　一夜の策は功を奏すのか？　間一髪の第四弾！

小学館文庫
好評既刊

孫むすめ捕物帳 かざり飴

伊藤尋也

ISBN978-4-09-407073-6

奉行所の老同心・沖田柄十郎《へいじゅうろう》は、人呼んで窓際同心。同僚に侮《あなど》られているが、可愛い盛りの孫、とらとくまのふたりが自慢。十二歳のとらは滅法強い剣術遣いで、九歳のくまは蘭語に堪能。ふたりの孫を甘やかすのが生き甲斐だ。今日も沖田は飴をご馳走しようとふたりを連れて、馴染みの飴細工屋までやって来ると、最近新参の商売敵に客を取られていると愚痴をこぼされた。励まして別れたはいいが、翌朝、飴細工売りが殺されたとの報せが。とらとくまは、奉行所で厄介者扱いされているじいじ様に手柄を立てさせてやりたいと、なんと岡っ引きになると言い出した!?

小学館文庫
好評既刊

親子鷹十手日和

小津恭介

ISBN978-4-09-407036-1

かつて詰碁同心と呼ばれた谷岡祥兵衛は、いまでは妻の紫乃とふたりで隠居に暮らす身だ。食いしん坊同士で意気投合、夫婦になってから幾年月。健康に生まれ、馬鹿正直に育った息子の誠四郎に家督を譲り、気の利いた美しい春霞《はるか》を嫁に迎え、気楽な余生を過ごしている。今日も近所の子たちに玩《おも》具《ちゃ》を作ってやっていると、誠四郎がやって来た。駒込で旅道具を商う笠の屋の主・弥平が殺されたというのだ。亡骸《なきがら》の腹に突き立っていたのは剪定鋏《せんていばさみ》。そして盗まれたのは、たったの一両。抽斗《ひきだし》には、まだ十九両も残っているのだが……。不可解な事件に父子で立ち向かう捕物帖。

小学館文庫
好評既刊

うちの宿六が十手持ちですみません

神楽坂 淳

ISBN978-4-09-406873-3

江戸柳橋で一番人気の芸者の菊弥は、男まさりで気風《きっぷ》がよい。芸は売っても身は売らないを地でいっている。芸者仲間からの信頼も厚い菊弥だが、ただ一つ欠点が。実はダメ男好きなのだ。恋人で岡っ引きの北斗は、どこからどう見てもダメ男。しかも、自分はデキる男と思い込んでいる。なのに恋心が吹っ切れない。その北斗が「菊弥馴染みの大店が盗賊に狙われている」と知らせに来た。が、事件を解決しているのか、引っかき回しているのか分からない北斗を見て、菊弥はひとり呟くのだった。「世間のみなさま、すみません」——気鋭の人気作家が描く、捕物帖第一弾！

小学館文庫
好評既刊

死ぬがよく候〈一〉月

坂岡 真

ISBN978-4-09-406644-9

さる由縁《ゆえん》で旅に出た伊坂八郎兵衛は、京の都で命尽きかけていた。「南町の虎」と恐れられた元隠密廻り同心も、さすがに空腹と風雪には耐え切れず、ついに破《や》れ寺《でら》を頼り、草鞋《わらじ》を脱いだ。冷えた粗菜にありついたまではよかったが、胡散臭《うさんくさ》い住職に恩を着せられ、盗まれた本尊を奪い返さねばならぬ羽目に。自棄《やけ》になって島原の廓《くるわ》に繰り出すと、なんと江戸で別れた許嫁《いいなずけ》と瓜二つの、葛葉《くずのは》なる端女郎《はしじょろう》が。一夜の情を交わした翌朝、盗人どもを両断すべく、一条戻橋《いちじょうもどりばし》へ向かった八郎兵衛を待ち受けていたのは……。立身《たつみ》流の秘剣・豪撃《こわうち》が悪党を乱れ斬る、剣豪放浪記第一弾！

小学館文庫
好評既刊

人情江戸飛脚
月踊り

坂岡真

ISBN978-4-09-407118-4

どぶ鼠の伝次は余所様《よそさま》の隠し事を探る商売、影聞きで食べている。その伝次、飛脚を商う兎屋の主で、奇妙な髷《まげ》に傾《かぶ》いた着物をまとう粋人の浮世之介にお呼ばれされた。瀟洒《しょうしゃ》な棲家《すみか》狢亭《むじなてい》に上がると、筆と硯《すずり》を扱う老舗大店の隠居・善左衛門が――。倅の嫁おすまに悪い虫がついたらしく、内々に調べてほしいという。「首尾よく間男と縁を切らせたら、手切れ金の一割、千両なら百両を払う」と約束する隠居に、生唾を飲み込む伝次。ところが、思わぬ流れとなり、邪な渦に呑み込まれ……。風変わりで謎の多い浮世之介とともに弱きを救い、悪に鉄槌《てつつい》を下す、痛快無比の第一弾！

小学館文庫
好評既刊

春風同心十手日記〈一〉

佐々木裕一

ISBN978-4-09-406843-6

定町廻り同心の夏木慎吾が殺しのあったという深川の長屋に出張ってみると、包丁で心臓を刺されたままの竹三が土間で冷たくなっていた。近くに女物の匂い袋が落ちていたところを見ると、一月前に家を出ていった女房おくにの仕業らしい。竹三は酒癖が悪く、毎晩飲んでは、暴力をふるっていたらしいのだ。岡っ引きの五郎蔵や女医の華山らに助けを借りて探索をはじめた慎吾だったが、すぐに手詰まってしまい……。頭を抱えて帰宅した慎吾の前に、なんと北町奉行の榊原忠之が現れた!?　しかも、娘の静香まで連れているのは、一体なぜ？　王道の捕物帳、シリーズ第一弾！

小学館文庫
好評既刊

さんばん侍 利と仁

杉山大二郎

ISBN978-4-09-406886-3

二十四歳の鈴木颯馬《そうま》は、元は町人の子。幼くして父を亡くし、母とふたりの貧乏暮らしが長かった。縁あって、手習い所で働くうち、大器の片鱗《へんりん》を見せはじめた颯馬だが、十五歳の時に母も病で亡くし、天涯孤独の身となってしまう。が、捨てる神あれば拾う神あり。ひょんなことから、田中藩江戸屋敷に勤める鈴木武治郎に才を買われ、めでたく養子に。だが、勘定方に出仕したのも束の間、田中藩領を我が物にせんとする老中格の田沼意次《おきつぐ》と戦うことに。藩を救うべく、訳ありで、酒問屋麒麟《きりん》屋の番頭となった颯馬に立ち塞《ふさ》がる壁、また壁！　江戸の剣客商い娯楽小説第一弾！

小学館文庫
好評既刊

浄瑠璃長屋春秋記 照り柿

藤原緋沙子

ISBN978-4-09-406744-6

三年前に失踪した妻・志野を探すため、弟の万之助に家督を譲り、陸奥国平山藩から江戸へ出てきた青柳新八郎。今では浪人となって、独りで住む裏店に『よろず相談承り』の看板をさげ、見過ぎ世過ぎをしている。今日も米櫃《こめびつ》の底に残るわずかな米を見て、溜め息を吐いていると、ガマの油売り・八雲多聞がやって来た。地回りに難癖をつけられていたところを救ってもらった縁で、評判の巫女占い師・おれんの用心棒仕事を紹介するという。なんでも、占いに欠かせぬ亀を盗まれたうえ、脅しの文まで投げ入れられたらしい。悲喜こもごもの人間模様が織りなす、珠玉の第一弾。

――本書のプロフィール――

本書は、小学館文庫のために書き下ろされた作品です。

小学館文庫

勘定侍《かんじょうざむらい》 柳生《やぎゅう》真剣勝負《しんけんしょうぶ》〈五〉

奔走《ほんそう》

著者 上田秀人《うえだひでと》

二〇二二年二月九日 初版第一刷発行

発行人 石川和男
発行所 株式会社 小学館
〒一〇一-八〇〇一
東京都千代田区一ツ橋二-三-一
電話 編集〇三-三二三〇-五九五九
販売〇三-五二八一-三五五五
印刷所――中央精版印刷株式会社

この文庫の詳しい内容はインターネットで24時間ご覧になれます。
小学館公式ホームページ https://www.shogakukan.co.jp

ISBN978-4-09-407117-7